ROMANA KNÖTIG

Weihnachtszauber

Besinnliche Weihnachtsgedichte und -geschichten

www.tredition.de

© 2020 Romana Knötig

Autorin: Romana Knötig

Umschlaggestaltung: Markus Maier

Verlag & Druck: tredition GmbH, Halenreie 40-44, 22359 Hamburg

ISBN
Paperback   978-3-347-13930-5
Hardcover   978-3-347-13931-2
e-Book   978-3-347-13932-9

Bibliografische Information der Deutschen Nationalbibliothek:

Die Deutsche Nationalbibliothek verzeichnet diese Publikation in der Deutschen Nationalbibliografie; detaillierte bibliografische Daten sind im Internet über http://dnb.dnb.de abrufbar.

Für Selma, Gerhard, Manuela, Markus

– aus unzähligen Gründen
Ihr seid ein Geschenk für mich, jeden Tag.

Inhalt

Was ist Weihnachten?

Weihnachten, das ist
Tannenduft und Kerzenschein,
aber es ist auch
stiller werden, dankbar sein.

Weihnachten, das ist
Kekse backen, Lieder singen,
aber es ist auch
Wärme spenden, Frieden bringen.

Weihnachten, das ist
Krippenspiel, Adventkranz binden,
aber es ist auch
Glaube suchen, Hoffnung finden.

Weihnachten, das ist
Schneegestöber, Glocken klingen,
aber es ist auch
Zufriedenheit mit kleinen Dingen.

Weihnachten, das ist
Christbaum schmücken, Päckchen schenken,
aber es ist auch
an sich selbst und andre denken.

Weihnachten kann vieles sein –
überall, für Groß und Klein!

Sein schönstes Weihnachtsgeschenk

Heute war ein guter Tag gewesen. Obwohl die Stadt zu solchen Anlässen für gewöhnlich nur mäßig besucht war, hatten sich überraschend viele Leute in den Straßen getummelt und noch letzte Einkäufe für die bevorstehenden Feiertage getätigt. Und sie waren sehr großzügig gewesen. Erich hatte im Supermarkt einen Sack Teelichter gekauft, dazu zwei kleine Engelsfiguren aus Holz, einen um die Hälfte verbilligten Christstollen und eine Flasche Starkbier. Nein, zwei – zur Feier des Tages.

Erich war 64 Jahre alt und lebte seit über 20 Jahren auf der Straße. Im Nachhinein konnte er nicht mehr genau sagen, wie es so weit hatte kommen können. Wahrscheinlich eine Verkettung unglücklicher Ereignisse: erst die Scheidung, der Verkauf des Hauses, die vielen Schulden, dann der Verlust seiner Arbeit – gekündigt nach 21 Dienstjahren – und Freunde, die sich nicht als solche erwiesen und schnell rar gemacht hatten. Aber vielleicht war er auch einfach nur nicht auf die Butterseite des Lebens gefallen. Wer wusste das schon.

Ab Mittag, als die Läden schlossen und alle zu ihren Familien nach Hause gingen, war es ruhig geworden in der Stadt. Erich hatte seine paar Sachen genommen und sich auf den Weg ins Pfarrhaus gemacht. Dort gab es wie jedes Jahr an Heiligabend Würstchen und heißen Tee mit selbstgebackenen Keksen für Obdachlose. Außerdem einen wunderschön geschmückten Baum und die Gelegenheit, sich zu waschen. Erich hatte zwei seiner Kollegen angetroffen, mit denen er zur Zeit ein seit Monaten unvollständig abgerissenes Haus bewohnte. Sie waren längere Zeit gemütlich beisammen gesessen, hatten geplaudert, gelacht und Weihnachtslieder gesungen – wenngleich diese alles andere als melodisch geklungen hatten. Der Pfarrersköchin und dem Pfarrer hatte er zwischendurch die kleinen Engelsfiguren gegeben. Die rundliche Frau hatte sich sichtlich darüber gefreut und auch Pfarrer Heine war peinlich berührt gewesen. Aber wenn es sich die beiden schon zur Aufgabe gemacht hatten, Außenseiter der Gesellschaft zu unterstützen, so wollte Erich wenigstens ein kleines bisschen Dankbarkeit zeigen.

Dann, als die Dämmerung hereingebrochen war, hatte er sich auf den Weg zum nahegelegenen Friedhof gemacht und seine Verwandten und Menschen, die er gemocht hatte, besucht. Er hatte auf jedem ihrer Gräber ein Teelicht angezündet, sich mit Christstollen und Bier auf eine Bank gesetzt und ihnen „Frohe Weihnachten!" zugeprostet.

Nun stand er erneut vor der Kirche, deren Vorplatz – bis auf einen kleinen Glühweinstand – noch menschenleer war. Nur aus dem Inneren vernahm er leises Orgelspiel und helle Frauenstimmen. Die letzten Proben vor der Abendmesse. Erich hatte mit Kirche früher nichts am Hut gehabt, mit Gott schon gar nicht. Anfangs hatte er Ihn für seine Misere verantwortlich gemacht, dann angefleht, Er solle ihm doch endlich helfen und als dies nicht geschehen war, war für ihn klar gewesen, dass es Ihn schlicht und einfach nicht gab. Bis er Pfarrer Heine getroffen hatte. Das war an einem Sonntagmorgen gewesen, als er den Kirchenvorplatz nach Kleingeld abgesucht hatte. Pfarrer Heine hatte ihn gefragt, ob er nicht die Messe besuchen wolle und als er aufgrund seines schäbigen Aussehens gezögert hatte, hatte sich der Pfarrer bei ihm untergehakt, ihn regelrecht in die Kirche gezerrt und gesagt: „Vor Gott sind alle Menschen gleich." Wenn es also einen Jesus jemals gegeben hatte – und mittlerweile war Erich selbst davon überzeugt, dass es da oben je-

13

manden gab – so musste der so wie Pfarrer Heine gewesen sein.

Von diesem Zeitpunkt an waren die Weihnachtsmessen für Erich zu einem Pflichttermin geworden.

Er schlich unbemerkt in die Kirche und drückte sich ganz hinten in eine Ecke. Der hohe Raum war nur schwach beleuchtet, ein großer Tannenbaum neben dem Altar aufgebaut, überall roch es nach Weihrauch. Allmählich trudelten die ersten Besucher ein und eine halbe Stunde später war die Kirche bis auf den letzten Platz gefüllt.

An Erichs freier Seite stand nun eine gut gekleidete Frau, ungefähr in seinem Alter. Sie trug einen Pelzmantel, dazu feine Handschuhe und einen modischen Hut. Ein schwerer, süßlicher Duft umhüllte sie. Bestimmt ein sündhaft teures Parfum. Erich roch seinen eigenen strengen Geruch. Er hatte heute zwar die Gelegenheit bekommen, sich zu waschen, nicht aber seine verschmutzte Kleidung. Er versuchte stillzuhalten, sich möglichst nicht zu bewegen, sodass er nicht auffiel. Doch die Frau hatte ihn längst bemerkt. Angewidert rümpfte sie die Nase und drehte sich in seine Richtung. Sie musterte ihn abschätzig von oben bis unten und verzog dabei den Mund. Erich murmelte ein leises „Tschuldigung" und drückte sich noch fester an die Wand, um den Abstand zu ihr so groß wie möglich zu halten. Die Frau strich in heftigen Bewegungen über ihren Mantel, so, als würde Erichs Geruch daran kleben, und beugte sich dann tuschelnd zu ihrem Nachbarn. Erich verstand Wortfetzen wie „Schwein" und „ekelhaft" und wäre am liebsten aus der überfüllten Kirche gerannt, zurück zu seinem Plätzchen im halb abgerissenen Haus oder unter die Brücke. Er schämte sich so.

Die sonst so stimmungsvolle Atmosphäre nahm er nicht wahr, unentwegt schwirrten die Worte und abwertenden Blicke durch seinen Kopf. Wie durch einen Nebel vernahm er Pfarrer Heines Worte:

„... wir spenden nach Afrika, an Flüchtlingsorganisationen, Kinderheime, *Ärzte ohne Grenzen*, *Nachbar in Not*, usw. und versuchen damit unser Gewissen zu beruhigen. Was aber ist mit unseren Nächsten? Hilfe in materieller Form ist wichtig. Sehr sogar. Aber sollten wir nicht bei jenen anfangen, die unmittelbar in unserer Nähe sind? Spenden heißt nicht nur in die Geldtasche zu greifen! Spenden heißt auch: Interesse für den anderen zeigen, Respekt, Achtung, ein nettes Wort, eine nette Geste, ein offenes Ohr, fragen, wie es dem anderen geht..."

Und während Pfarrer Heine weitersprach und mahnte, bemerkte Erich, wie die Frau mit zögerlichen Schritten den Abstand zu ihm wieder verringerte. Zum Ende der Messe verließ sie diese eilig mit gesenktem Kopf.

Erich wartete, bis niemand mehr in der Kirche war und hängte noch gut fünfzehn Minuten dran, um sicherzugehen, dass sich auch wirklich niemand mehr im Gebäude oder außerhalb desselben befand. Als er schließlich den Ausgang erreicht hatte, stutzte er. Vor ihm stand die Frau im Pelzmantel und streckte ihm lächelnd die Hand entgegen: „Frohe Weihnachten!" Erich starrte sie verdutzt an. Dann seine Hände. Unter den Fingernägeln waren schwarze Ränder, die Handflächen bräunlich verfärbt und rau. Er hätte nach dem Besuch in der Pfarre den Friedhof besser nicht mehr aufsuchen sollen! Schnell wollte er seine Hände in den Jackentaschen verschwinden lassen, doch die Frau kam ihm zuvor. Sie packte seine Hand und schüttelte sie eifrig. „Frohe Weihnachten! Darf ich Sie noch auf einen Glühwein einladen? Meine Freunde warten schon da drüben. Bitte sagen Sie Ja!" Erich blickte zum nahen Glühweinstand und sah mehrere Hände, die ihm entgegenwinkten, und Gesichter, die ihm zulächelten. Die Frau fasste Erichs verblüfften Blick als Zustimmung auf und nahm ihn bei der Hand. „Wie heißen Sie? ..."

So standen sie noch die halbe Nacht dort, erzählten und lachten. Bis der Glühwein alle war. Von da an sollte Erich öfter Besuch in der Stadt bekommen. Es war das schönste Weihnachtsgeschenk, das er seit langem bekommen hatte: als Mensch wahrgenommen zu werden!

Weihnachten muss nicht nur am 24. Dezember sein. Wir können es jeden Tag ein kleines Stück leben.

Weihnachtszauber

Es gibt einen Zauber,
ich kanns nicht erklärn,
er ist nicht zu sehn
und auch nicht zu hörn.

Und trotzdem fühl ich
ihn tief in mir drin,
vor allem,
wenn ich ganz andächtig bin.

Dann lächle ich jeden
voll Güte sanft an,
bin fromm und zufrieden,
so gut ich es kann.

Der Schnee glitzert hell,
nicht nur auf den Bäumen,
ich spüre die Wärme,
nicht nur in den Räumen,

sondern mitten im Herz –
ich machs auf ganz weit –
denn dieser Zauber
heißt Weihnachtszeit!

Der gefallene Engel

Es war einmal ein Engel, der nicht länger ein solcher sein wollte. Also flog er zum lieben Gott und sprach: „Hier oben ist mir furchtbar langweilig. Hast du denn keine andere Aufgabe für mich? Auf Erden könnt ich vielen helfen und Gutes bewirken! Kannst du mich nicht hinunterschicken?"

Der liebe Gott dachte nach. „Hmm... Du weißt aber schon, dass ich dich dann in einen Menschen verwandeln muss?"

„Ja, ja, aber das macht mir nichts aus", erwiderte der Engel mit fester Stimme.

Der liebe Gott überlegte erneut. „Bald ist Weihnachten und ihr Engel habt euer großes Konzert. Deine schöne Stimme würde im Chor sicher fehlen!"

„Ach was", der Engel schüttelte den Kopf, sodass seine blonden Locken wild tanzten, „meinen Part kann Michael übernehmen!"

Der liebe Gott seufzte tief. Er wusste um die Entschlossenheit des Engels und dass ein weiterer Versuch, ihn umzustimmen, sinnlos war. „Na gut", sagte er also, „dann soll es geschehen. Wenn du morgen Früh aufwachst, wirst du ein Erdenbürger sein."

Der Engel wackelte freudig mit den Flügeln und fiel dem lieben Gott um den Hals. Am Abend verabschiedete er sich von all seinen Freunden und kuschelte sich sodann in eine dicke Wolke. Natürlich würden ihm die Englein fehlen, aber er wusste ja, dass er sie eines Tages wiedersehen würde und sie ohnehin gedanklich miteinander verbunden waren. Nachts fand er kaum Schlaf, zu groß war seine Aufregung vor dem morgigen Tag. Welche Aufgabe ihm der liebe Gott wohl zugeteilt hatte und wohin er ihn senden würde? Nach Afghanistan, Syrien, in den Gazastreifen? In ein Entwicklungsland? Zu von Naturgewalten gebeutelten Menschen? Vielleicht ein Waisenhaus oder Pflegeheim. Auch eine Ausspeisung für Obdachlose war möglich… Mit unzähligen Gedanken im Kopf nickte der Engel erst in den frühen Morgenstunden ein, wurde jedoch schon bald wieder von lautem Kindergeschrei aufgeweckt. Er gähnte und rieb sich müde die Augen. Zwei Mädchen im frühen Volksschulalter hüpften auf seinem Bett herum.

„Papa, aufstehn", riefen sie ungeduldig. „Du hast uns doch versprochen, mit uns heute einen Schneemann zu bauen!"

Der Engel schielte auf den Wecker. Sonntag, sieben Uhr.

„Kommt, Kinder! Euer Kakao ist fertig!",
tönte da eine helle Frauenstimme. Geschirr
klapperte. Blitzartig sprangen die Mädchen
vom Bett und rannten zu ihrer Mutter in die
Küche.

Der Engel sah sich in dem Zimmer um. Ein
Kriegs- oder Katastrophengebiet schieden
schon mal aus und auch ein von Armut be-
herrschtes Land war undenkbar. Er kletterte
aus dem wohlig warmen Bett und ging zum
Fenster. Ein kleiner Garten, auf der anderen
Straßenseite schneebedeckte Thujenhecken
vor gepflegten Häusern. Eine gut bürgerliche
Wohnsiedlung, vermutlich irgendwo in Mit-
teleuropa. Blieb also nur die Möglichkeit,
dass er einen sozialen Beruf hatte. Als sich jedoch herausstellte, dass er ein stinknormaler
Familienvater war, der in einem Supermarkt
arbeitete, sank seine Stimmung auf den Ge-
frierpunkt. Er warf einen zornigen Blick zum
Himmel und ereiferte sich in allen Flüchen,
die sein bescheidenes Engel-Repertoire her-
gab. Den Tag verbrachte der Engel mit
Schneemann-Bauen, Mensch-ärgere-dich-
nicht-Spielen, Geschirrspüler-Ausräumen,
dem Anbringen einer Lichterkette am Garten-
zaun und einer gemeinsamen Adventfeier, bei
der seine Töchter ein Flötenstück zum Besten
gaben, seine Frau ein paar Weihnachtslieder

anstimmte und er selbst eine Geschichte vorlas. Abends fiel er todmüde ins Bett, aber er musste auch zugeben, dass es großen Spaß gemacht hatte. Und die Liebe, die er für seine Familie empfand, war überwältigend.

Am nächsten Morgen stand der Engel zeitig auf, um seine Arbeit im Supermarkt anzutreten. Vor dem überdachten Eingang stand ein riesiger, geschmückter Christbaum und auch im Inneren war alles festlich dekoriert. Im Hintergrund lief leise Musik. Als gelernter Fleischhauer war er in der Feinkostabteilung tätig. Seine Kollegen waren zwar nett, machten jedoch allesamt ein verdrießliches Gesicht. Mit der Kundschaft verhielt es sich nicht anders. Jeder hastete durch das Kaufhaus, war gestresst, genervt, schlechter Laune. Dabei sollte gerade die Vorweihnachtszeit eine besinnliche Zeit sein! Aber wo er auch hinsah: überall gehetzte, finstere, ausdruckslose Mienen. War ein gewünschtes Produkt nicht vorhanden oder wurde es jemandem vor der Nase weggeschnappt, schien Streit vorprogrammiert. Sogar bei ihm vor der Fleischtheke wurde um das letzte Paar Bratwürstchen oder ein besonders schönes Filetstück regelrecht gekämpft. Der Engel merkte, wie er selbst immer gereizter wurde. Im Himmel hatte es so etwas nicht gegeben! Dort war er ausschließlich freundlichen Gesichtern begegnet.

Und plötzlich schoss ihm ein Gedanke durch den Kopf. Es musste nicht immer das Große sein, um der Menschheit zu dienen – auch im Kleinen konnte man Gutes tun. Nun wusste er, worin seine Aufgabe bestand: Er konnte jedem sein allerschönstes Lächeln schenken!

Ein Mal im Jahr

Ein Mal im Jahr
kommen wir zur Ruhe
und nehmen uns Zeit für uns selbst
und die wirklich wichtigen Dinge im Leben.

Ein Mal im Jahr
bekommt das Wort Stille
eine völlig neue Bedeutung.
Wir werden nachdenklich
und reflektieren unsere Wertigkeiten.
Fernab von Hektik und Schnelllebigkeit
finden wir Zuflucht in der Stille
und eine gewisse Art des Friedens.

Ein Mal im Jahr
weiten wir unser Blickfeld
für die Menschen in unserer
nahen und ferneren Umgebung.
Wir finden liebevolle Worte
und bieten unsere Hilfe an,
jenen, denen es nicht so gut geht wie uns,
aus welchen Gründen auch immer.

Ein Mal im Jahr
fallen uns Entschuldigen
und Verzeihen leichter

und wir legen Streitereien
wegen Nichtigkeiten nieder.

Ein Mal im Jahr
rücken Freunde und Familie
in den Mittelpunkt,
jene Menschen, die immer für uns da sind,
ohne Wenn und Aber,
denen wir vertrauen
und all unsere Aufmerksamkeit und Liebe
schenken.

Ein Mal im Jahr
denken wir bewusst an liebe Menschen,
die nicht mehr unter uns weilen.
Hoffen und glauben,
um mit dem Unausweichlichen
umgehen zu können.

Ein Mal im Jahr
werden wir demütig
und zeigen Dankbarkeit
für alles Gute und unser Leben.

Warum eigentlich nur ein Mal im Jahr,
wenn es doch 365 Tage gibt?

Weihnachtsfrieden

Mama, warum feiert Opa eigentlich nie Weihnachten bei uns?", fragte Jonas, ohne von seinem Handy aufzusehen, in das er schon seit knapp einer Stunde vertieft war. Das neue Teil war einfach viel zu gut.

„Aber das tut er doch", erwiderte seine Mutter und schob das zweite Blech Kekse in den Ofen. „Ich hab ihn für 28. eingeladen. Ich dachte, ich mach uns heuer mal Truthahn mit Semmelfülle und Rotkraut. Raclette gabs schon die letzten fünf Jahre. Und als Nachspeise könnt ich uns Maronisoufflé mit Weinschaumsauce machen. Oder vielleicht doch lieber einfaches Vanilleeis mit Früchten. Maroni sind recht üppig und könnten..."

„Ich meinte an Heiligabend", unterbrach Jonas ihre Überlegungen.

Die Mutter drehte sich verwundert um. „Das hat er noch nie gemacht."

„Auch nicht, als du klein warst?"

„Nie."

„Und warum nicht?"

„Weil dieser Tag *ihm* gehört," sagte sie in einem Tonfall, als sei es das Selbstverständlichste auf der Welt.

„Aber warum? Weihnachten muss man doch mit seiner Familie feiern!" Jonas legte nun endgültig sein Handy beiseite und schüttelte ungläubig den Kopf.

„Am besten du fragst ihn das selbst!"

„Hat dich das nicht gestört als Kind?"

Die Mutter zuckte mit den Schultern und warf einen raschen Blick auf die leicht bräunlich werdenden Plätzchen. „Nein, war halt so. Außerdem haben wir immer zwei Mal Weihnachten gefeiert. Ein Mal mit Oma an Heiligabend und ein paar Tage später hat uns Opa nochmals Geschenke mitgebracht. Wir haben dann ein zweites Mal die Kerzen am Christbaum angezündet und gemeinsam Weihnachtslieder gesungen. Das war toll! Es hieß immer, Opa müsse dem Christkind mit den vielen Päckchen helfen, und als wir klein waren, haben uns alle Kinder aus der Nachbarschaft drum beneidet. Und wenn uns mal jemand nicht geglaubt hat, dann hat ihm mein Bruder das Engelshaar gezeigt, das er von unserer Mutter aus genau diesem Grund bekommen hatte."

„Oma war bestimmt sehr böse."

Jonas' Mutter lachte auf. „Aber nein. Weißt du, damals war eine andere Zeit und was diese Zeit mit den Menschen gemacht hat, können wir uns heute gar nicht vorstellen. Deine

Oma hat deinen Opa immer verstanden, den Heiligabend hätte sie nicht anders gewollt. Dieser Tag gehörte, wie gesagt, ihm. Die Vorbereitungen dazu trafen sie ohnehin gemeinsam. Opa hat jedes Jahr eine kleine Tanne aus dem Wald geholt und Oma hat mit uns Kindern Kekse gebacken und später den Christbaum geschmückt." Damit wandte sie sich wieder ihren eigenen Keksen zu, zog Topfhandschuhe an und holte das heiße Backblech aus dem Ofen.

Jonas sah verständnislos zu, wie sie anschließend Schokolade schmolz und Haselnusskerne, Pistazien und bunten Streuselzucker bereitstellte. Er wusste, dass es sinnlos war, das zuvor geführte Gespräch mit seiner Mutter erneut aufzunehmen. Also ging er in den Flur hinaus und schlüpfte nach einem kurzen Blick aus dem Fenster in Jacke und Stiefel, setzte seine dunkle Mütze auf und band sich einen dicken Schal um.

Als er die Tür hinter sich schloss und feststellte, dass der Schnee aufgrund der zu warmen Temperaturen keinen Zentimeter auf den Straßen liegenblieb, kam ihm seine winterliche Aufmachung reichlich übertrieben vor. Einfache Sneakers hätten es auch getan, zumal das Haus des Großvaters keine hundert Meter entfernt lag. Nach kurzem Fußmarsch erreichte er die massive Eichentür und musste sechs Mal läuten, bevor ihm der weißhaarige Mann mit Hornbrille öffnete.

„Ah, Jonas. Schön, dass du mich besuchst! Komm rein!" Er winkte seinen Enkel ins Innere des kleinen Hauses und stützte sich dabei schwer auf seinen Gehstock.

Jonas legte Kleidung und Stiefel ab und lümmelte sich in einen der gepolsterten Stühle im Esszimmer. Vor ihm auf dem Tisch lag ein aufgeschlagenes Rätselheft.

„Möchtest du was zu trinken?", fragte der Großvater.

„Ja, bitte. 'Ne Cola wär nicht schlecht."

„Aber verrat mich nicht bei deiner Mutter", schmunzelte der alte Mann. Er wusste, dass seine Tochter derartige Getränke hasste. Sie war ein Gesundheitsapostel durch und durch, Kohlensäure und Zuckerhaltiges kamen ihr nicht ins Haus. Wie gut, dass sein Schwiegersohn Biertrinker war und er nicht einen ihrer selbstgemachten Kräutersäfte probieren musste, wenn er zu Besuch war.

Jonas legte seinen Zeigefinger auf die Lippen. „Ich schweige wie ein Grab."

Der Großvater ging zum Kühlschrank und nahm eine der gewünschten Flaschen, die er immer zahlreich für seinen Enkel vorrätig hatte, heraus. Er schenkte großzügig ein und kehrte damit an den Tisch zurück.

„Opa, kommst du heuer Weihnachten zu uns?"

„Natürlich! Ich hab mit deiner Mutter schon einen Tag vereinbart. Ich hoffe, du freust dich über mein Geschenk. Du musst nur ein bisschen nachsichtig sein, was die Verpackung angeht. Das hat Oma früher immer gemacht."

„Nein, ich meinte an Heiligabend, direkt zum Fest. Gemeinsam singen, essen, Geschenke auspacken. Ich spiel dir sogar was auf meiner Gitarre vor. Und Papa liest wie jedes Jahr die Weihnachtsgeschichte. Okay, ein bisschen uncool, aber irgendwie trotzdem schön."

„Das geht nicht. Tut mir leid."

„Warum nicht? Du bist allein, hast Zeit..."

Der Großvater strich sich über das dünne Haar und rückte seine Brille zurecht. „Ich hab schon was vor."

„Und was bitte schön?"

„Hmm... Willst du das wirklich wissen?"

„Unbedingt!", forderte Jonas.

„Na gut, aber es ist eine lange Geschichte."

„Ich hab Zeit."

Der alte Mann seufzte tief, dann, nach einer Minute des Schweigens, begann er zu erzählen:

„Wir schrieben das Jahr 1943, wir hatten Winter und befanden uns mitten im Krieg. Meine Truppe und ich, insgesamt acht Mann, waren als Späher losgeschickt worden, um feindliches Terrain auszukundschaften."

„Wo wart ihr stationiert?"

„Stalingrad."

Jonas rückte in seinem Stuhl nach vorne und nahm eine konzentrierte Haltung ein. „Und, habt ihr den Feind besiegt?"

Der Großvater lachte bitter. „Im Krieg gibt es keine Sieger, mein Junge, immer nur Verlierer. Ich habe Kameraden fallen sehn, die waren kaum älter als du." Er kratzte sich nachdenklich am Kinn, dann stand er abrupt auf und ging zur kleinen Küchenzeile hinüber. „Möchtest du ein paar Kekse?"

Der Junge nickte eifrig und der alte Mann nahm eine volle Packung aus einem der Regale.

„Erzähl weiter, Opa! Was ist dann geschehn?"

„Nun, Stalingrad war wahrlich kein Ort für schöne Träume. Der bitterkalte Wind fraß sich in unsere Knochen und unsere Lungen brannten vom Einatmen der eisigen Luft. Vielen waren bereits mehrere Finger und Zehen abgefroren, wer stolperte, musste zurückgelassen werden. Wenn er Glück hatte, wurde ihm noch eine geladene Waffe in die Hand gedrückt." Er griff nach einem Keks.

„Also doch kein Unfall beim Holzsägen?" Jonas deutete auf die Lücke zwischen seinem Zeige- und Ringfinger.

Der Großvater lächelte nur wissend und dachte dabei an seinen fehlenden kleinen Zeh. „Am Ende war unser Trupp auf drei Mann geschrumpft, die Essensvorräte waren fast aufgebraucht und unsere Kräfte gänzlich geschwunden. Wir hatten einen tagelangen Fußmarsch durch Schnee und klirrende Kälte hinter uns, untermalt von Gewehrsalven, Kanonen und entsetzlichen Schreien. Jeder Schritt schmerzte. Wir wussten, wir würden dieses Grauen nur überleben, wenn wir zusammenhielten. An Heiligabend kamen wir an einem völlig zerbombten Dorf vorbei. Auf den Straßen lagen überall Leichenteile verstreut. Wir beschlossen, in einer der letzten Ruinen, die uns am besten vor Wind zu schützen schien, Unterschlupf zu suchen. Als wir das Gemäuer betraten, war es draußen bereits dunkel. Kein einziger Stern war zu sehn, nur in der Ferne leuchtete der Himmel rot vom Feuer der niederbrennenden Häuser. Wir stiegen also über Berge von Schutt und zückten unsere Waffen, um uns vor einem Angriff zu schützen. Da hörten wir das wohlbekannte Klicken hinter uns. Wir drehten uns langsam um und blickten in die Gewehrläufe dreier russischer Soldaten."

Er hielt inne und sah die gebannten Blicke seines Enkels. Die Spannung hatte ihren Höhepunkt erreicht. Er ließ sich einen weiteren Augenblick Zeit, bevor er fortfuhr: „Wir standen eine Weile so da und sahen einander tief in die müden Augen. Niemand sprach ein Wort. Niemand rührte sich. Plötzlich legte einer meiner Kameraden seine Waffe nieder und wir anderen taten es ihm gleich. Wir hatten die Sinnlosigkeit dieses Krieges längst begriffen." Er räusperte sich und zog aus seiner Hose ein Taschentuch, um sich zu schnäuzen. „Ja und dann schüttelten wir uns die Hände und fielen uns in die Arme. Wir suchten uns ein Plätzchen und entzündeten ein kleines Feuer. Nicht zu hoch, damit es uns nicht verriet. Einer der russischen Soldaten holte aus seinem Gepäck eine Konservendose Bohnensuppe hervor, die wir in der Hitze der Flammen erwärmten. Es gab zwar nur einen Löffel, aber der genügte, um ihn ringsum zu geben, sodass jeder ein paar Bissen essen konnte. Sogar ein halb gefüllter Flachmann mit Wodka war übrig." Der Großvater gluckste. „So wurde uns auch von innen schön warm. Später sangen wir „Stille Nacht". Oh, war das ein Kauderwelsch! Russisch und Deutsch gleichzeitig. Aber das gemeinsame Singen war wunderschön. So tröstlich. So friedlich. Ich werde diesen besonderen Moment nie vergessen. Wir unterhielten uns noch bis lange nach Mitternacht."

„War das denn überhaupt möglich in zwei verschiedenen Sprachen?", fragte Jonas.

Der Großvater hob die Schultern. „Das war egal. Wir verstanden uns auch so. Als der Morgen anbrach und jeder wieder seiner Wege zog, schworen wir uns: Sollten wir diesen Schrecken überleben, würden wir den Heiligen Abend auch in Zukunft immer gemeinsam verbringen. Wir schrieben unsere Namen auf das Etikett der Konservendose. Sechs Soldaten. Sechs Namen. Dann verwahrte ich sie gut in meinem Gepäck. Warte..." Er erhob sich und verschwand in einem der hinteren Zimmer. Man hörte, wie Schränke und Schubladen geöffnet wurden und kurz darauf erschien er mit einer verrosteten Dose in der Hand.

„Du hast sie noch?", fragte Jonas erstaunt.

„Natürlich!"

Fasziniert und ehrfürchtig zugleich betrachtete der Junge die verblassten Namen auf dem Etikett und der Großvater nickte zufrieden. „Noch heute treffen wir Kameraden uns an Heiligabend. Mal hier, mal dort. Bis auf Nikolai. Den Krieg hat er zwar überlebt, nicht aber die Lungenentzündung vier Jahre später. Immer wenn wir uns treffen, stellen wir ein Foto von ihm zu uns auf den Tisch. Und dann singen wir „Stille Nacht", jeder in seiner Sprache. So wie damals. Und noch heute essen wir Bohnensuppe. Nur hat heute jeder einen Teller und isst mit seinem eigenen Löffel. Aber soll ich dir was verraten?"

Der alte Mann lächelte und blickte versonnen in die Ferne. So saß er eine Weile stumm da und als Jonas seine glänzenden Augen bemerkte, stand er auf und umarmte ihn innig. „Ach, Opa. Ich freu mich schon auf Weihnachten!"

„Bist du sehr böse, wenn ich an Heiligabend nicht komme?"

„Ich wäre böse, *wenn* du kommst! Grüß deine Freunde von mir!"

Der Großvater flüsterte leise: „Danke, das mach ich!" Dann geleitete er seinen Enkel zur Tür.

An der Schwelle blieb dieser stehen und drehte sich noch einmal um. „Du wolltest mir doch was verraten?"

„Ach ja." Der Großvater lächelte verschmitzt. „So gut wie damals, als wir die Waffen niederlegten und Frieden schlossen, hat uns die Suppe nie wieder geschmeckt!"

Was ich mir wünsche

Ein bisschen mehr Frieden,
ein bisschen mehr Freud,
ein bisschen mehr Achtung
unter den Leut.

Ein bisschen mehr Hilfe,
ein bisschen mehr Taten,
ein bisschen mehr handeln,
nicht nur abwarten.

Ein bisschen mehr Feinsinn,
ein bisschen Gespür,
ein bisschen bescheiden
und weniger Gier.

Ein bisschen mehr Stille,
ein bisschen mehr Ruh,
ein bisschen mehr langsam,
nicht Hast immerzu.

Ein bisschen mehr Rücksicht,
ein bisschen mehr loben,
ein bisschen mehr zuhörn,
nicht herabsehn von oben.

Ein bisschen mehr Freundschaft
und mehr Toleranz,

ein bisschen Respekt
anstatt Ignoranz.

Ein bisschen mehr gönnen,
ein bisschen mehr leben,
ein bisschen gemeinsam,
ein bisschen mehr geben.

Ein bisschen mehr Würde,
ein bisschen mehr Zeit,
ein bisschen Courage,
wo Unrecht und Leid.

Ein bisschen mehr kritisch,
ein bisschen mehr denken,
lass dich nicht blind
von anderen lenken!

Ein bisschen authentisch
und mehr Eigenheit,
ein bisschen Versöhnung
und weniger Streit.

Ein bisschen gerechter
und weniger krank,
von allen Gesunden
ein bisschen mehr Dank.

Ein bisschen Verständnis
und mehr Mitgefühl,
weniger nüchtern,
weniger kühl.

Ein bisschen mehr lachen
und weniger Trauer,
ein bisschen mehr Glück
von längerer Dauer.

Ein bisschen mehr Liebe,
ein bisschen mehr ehrlich,
ein bisschen mehr Wärme –
das wäre herrlich!

Ein bisschen mehr kehrn
vor der eigenen Tür,
ein bisschen mehr menschlich –
das wünsch ich mir!

Die Versöhnung

Stefan stand auf einem Parkplatz unmittelbar neben der Autobahn. Es war eine dieser kleinen Parkbuchten, die wenig einladend waren und auch keine ordentlichen Toiletten aufzuweisen hatten. Aber das war ihm egal. Er hatte ohnehin nur angehalten, um eine zu rauchen. Es dämmerte bereits und als das Feuerzeug klickte, legte er die Hand schützend um die gelblich lodernde Flamme. Er hatte inzwischen vier Stunden Fahrt hinter sich, aber von Müdigkeit keine Spur. Zu viele Erinnerungen hämmerten in seinem Kopf, Erinnerungen an früher und an den Streit, den es gegeben hatte. Stefan nahm einen tiefen Zug und sah eine Weile den vorbeirasenden Autos zu. Außer ihm befand sich niemand auf dem schmalen Parkstreifen, an dessen Rückseite sich hohe Bäume und wildes Dickicht erstreckten. Nach einer weiteren Zigarette kletterte er in seinen Wagen, startete den Motor und aktivierte die Sitzheizung. Das Navi zeigte rund 200 Kilometer bis zum Zielort: dem Haus seiner Eltern. Und einer glücklich verbrachten Kindheit. Gemeinsames sonntägliches Frühstück, Geburtstagsfeiern im Garten, das Baumhaus, an dem sein Vater wochenlang für ihn gearbeitet hatte, Mutters frei erzählte Gute-Nacht-Geschichten, von denen er nie genug hatte kriegen können, Kissenschlachten, Skateboarden im langen Flur und wilde Partys in seiner Jugendzeit.

Stefan beschleunigte auf der kurzen Auffahrt und reihte sich hinter einem Lkw ein. Er war diese Strecke schon einmal gefahren, allerdings in entgegengesetzter Richtung. Es war zu einem fürchterlichen Streit zwischen ihm und seinen Eltern gekommen, ein Wort hatte das andere gegeben und es wurden Dinge gesagt, die die Lippen niemals hätten verlassen dürfen. „Rabeneltern", „missratener, undankbarer Sohn", „altes, blödes Schwein", „Taugenichts"… Es war verletzend und respektlos gewesen. Daraufhin hatte Stefan seine Sachen gepackt, war wutentbrannt aus dem Haus gelaufen und in sein Auto gestiegen.

Noch 174 Kilometer.

Er war mit quietschenden Reifen davongebraust und hatte alles hinter sich gelassen. Er war gefahren und gefahren, ins Nirgendwo, einfach nur weg, Kopf freikriegen, Dampf ablassen. Während der gesamten Autofahrt hatte er abwechselnd geflucht, geheult und war sogar ein Mal geblitzt worden. Einen solchen Streit hatte es zwischen ihnen noch nie gegeben, heftige Auseinandersetzungen ja, aber noch nie war die Situation derart eskaliert. Heute wusste Stefan schon längst nicht mehr, was der Auslöser dafür gewesen war, bestimmt eine lächerliche Nichtigkeit. Er war in eine ihm unbekannte Stadt gefahren und da es ihm dort gefallen hatte, hatte er sich Job und Wohnung gesucht.

Noch 138 Kilometer.

Die Reue kam sehr schnell, nach wenigen Tagen wollte er sich entschuldigen. Schon als Kind war ihm beigebracht worden, Fehler auch bei sich selbst zu suchen. Wer austeilte, musste auch einstecken und mit Kritik umgehen können. Aber aus Tagen waren Wochen geworden, dann Monate. Und schließlich war es zu spät gewesen. Er hatte den richtigen Zeitpunkt verpasst und wusste nicht mehr, wie er beginnen sollte. Es tat ihm alles unendlich leid und er wünschte, es gäbe einen Reset-Knopf, der alles auf null setzte und ungeschehen machte. Ob es seinen Eltern genauso erging? Sie fehlten ihm so! Ihre Stimmen, ihre Berührungen, ihr Geruch. Und ihre Ratschläge, die so wertvoll waren, gerade bei wichtigen Entscheidungen. Vater konnte bei allem Handwerklichen, Technischen und Behördlichen immer gefragt werden und Mutter bei Häuslichem, Kulinarik und Herzensangelegenheiten.

Noch 112 Kilometer.

Wäre es nach ihnen gegangen, so hätte er eine Ausbildung zum Bankkaufmann anstreben oder in einem großen Konzern unterkommen sollen. Er hatte sich dagegen entschieden und war stattdessen Gärtner geworden. Sein Beruf ließ ihm genügend Freiraum, um seinem Hobby als Straßenmusiker nachzugehen. Die Leidenschaft für Musik und der Kontakt zu Menschen erfüllten ihn. Mit seiner Gitarre tingelte er durch die Gegend und spielte an allen möglichen Orten. Vor einigen Monaten hatte Stefan dabei ein nettes Mädchen kennengelernt, mit dem er sich zum ersten Mal eine große Zukunft vorstellen konnte. Er war glücklich. Ob seinen Eltern das reichte? Dass er glücklich war?

Noch 91 Kilometer.

Im vergangenen Jahr hatte sich Stefan kein einziges Mal bei ihnen gemeldet. Kein Anruf, kein Brief, nichts. Kein einziges Lebenszeichen von ihm. Er wusste, dass der Ball bei ihm lag. Schließlich kannten seine Eltern seinen Aufenthaltsort nicht.

Würden sie ihm das jemals verzeihen? Ob sie sich optisch verändert hatten? Hätten sie ihn gebraucht? Vermissten sie ihn? Ob sie gesund waren? Er hoffte, sie waren es! Seine Gedanken rotierten unentwegt. Er hatte alles falsch gemacht!

Stefan nahm die nächste Abfahrt und verließ die Autobahn. Er kam in eine ihm wohlbekannte Gegend mit grauen Häuserschluchten, mehrstöckigen Kaufhäusern, Industriegebiet. Je weiter er fuhr, desto freundlicher und heller wurde die Landschaft. Ein breiter Grüngürtel am Stadtrand, kleine Wohnsiedlungen mit hübschen Einfamilienhäusern. In einem solchen wohnten auch seine Eltern.

Noch 56 Kilometer.

Eine Woche vor Weihnachten hatte er ihnen eine Karte geschickt. Nur zwei Sätze. Er würde am Heiligen Abend bei ihnen vorbeischauen. Wenn sie ihn sehen und ihren Streit somit beilegen wollten, dann sollten sie eine Kerze anzünden, wenn nicht, würde er wieder fahren. So oder so, er kam mit beinahe leeren Händen. Die Pralinen und der billige Supermarkt-Wein auf dem Rücksitz waren erbärmlich und standen in keiner Relation zu den Geschenken, die ihm seine Eltern zeitlebens gemacht hatten. Ob sie sich dennoch darüber freuen würden? Konnte seine bloße Anwesenheit genügen? Nach allem, was passiert war?

Noch 13 Kilometer.

Mit jedem Kilometer, den er sich näherte, beschleunigte sich sein Pulsschlag. Was, wenn ihn seine Eltern nicht mehr sehen wollten? Was, wenn keine Kerze brannte und das Haus im Dunkeln lag? Ein kleines Teelicht würde ihm schon genügen. Irgendein winziges Zeichen. Die Anspannung wuchs ins Unermessliche.

Noch 500 Meter.

Er bog um die letzte Kurve. Und da sah er es, ein gleißendes Licht am dunklen Nachthimmel. Was war das? Wahrscheinlich der Nachbarssohn, ein Technikfreak durch und durch, der eine seiner selbstgebastelten Lichtanlagen ausprobierte. Sie waren zwar im selben Alter und zur gleichen Schule gegangen, hatten sich aber nie sonderlich gut verstanden, geschweige denn Freundschaft geschlossen. Zu speziell war ihm der Nachbarsjunge erschienen, vielleicht auch ein bisschen zu intelligent.

Noch 100 Meter.

Stefan ließ den Wagen direkt vor das schmiedeeiserne Tor rollen und stieg aus. Das, was er sah, ließ sein Blut in den Adern gefrieren. Das ganze Haus samt Garten war in ein einziges Lichtermeer verwandelt worden, das seinesgleichen suchte! In allen Fenstern blinkten verschiedenfarbige Sterne über brei-

ten Kerzenpyramiden und vor der Eingangs-
türe hing ein beachtlicher Lichterregen. Der
Kiesweg, der zu derselbigen führte, war zu
beiden Seiten von riesigen Laternen gesäumt,
in denen Kerzen brannten, die Äste aller Bäume und Sträucher waren mit Lichterketten
umschlungen und gleich vorne im Garten
stand ein beleuchteter Schlitten, der von zwei
Rentieren gezogen wurde, dahinter eine
Gruppe aus vier Engeln, deren Flügel bläulich
schimmerten. Auf der gegenüberliegenden
Seite lag ein an die zwei Meter hohes Ge-
schenkspaket mit einer golden glitzernden
Schleife und in den Schornstein kletterte gerade ein überdimensional großer, leuchtender
Weihnachtsmann. Überall funkelte und strahlte es. Hollywood ließ grüßen! Seine Eltern
mussten das gesamte Stromnetz der Stadt für
sich beansprucht haben.

Sie warteten vor der Haustüre, beide ein
blinkendes Elchgeweih auf dem Kopf. Wäre
die Situation nicht so absurd komisch gewesen, Stefan hätte sofort losgeheult. Mit geöff-
netem Mund betrachtete er einen Moment die
gewaltige Szenerie, dann riss er das Gartentor
auf und rannte über den staubigen Kiesweg,
direkt in die offenen Arme seiner Eltern.

Vom Christkind

Heut kommt das Christkind,
ich kanns kaum erwarten!
Schon hör ich die Glöckchen,
die feinen und zarten,

sie läuten die Ankunft,
ganz sanft schwebts hernieder
und bringt uns auf Erden
alle Jahr wieder

Hoffnung und Frieden,
Versöhnung und Segen.
Dann legts 's Köpfchen schief
und lächelt verlegen.

In all seiner Größe
bleibt es bescheiden,
darum ists wahrlich
sehr zu beneiden.

Ich bin mir sicher,
an alle es denkt
und wünsche von Herzen,
dass es jedem was schenkt.

Die Gelbhalsmaus

Auf dem Dachboden von Herrn Heinze lebte eine Gelbhalsmaus. Der Winter hatte ungewöhnlich früh und unbarmherzig begonnen, mit dichtem Schneefall und eisigen Temperaturen und so hatte es sich die Maus schon Ende November auf dem geschützten Dachboden gemütlich gemacht. Durch den großen Nussbaum vor dem Haus hatte sie einen beträchtlichen Futtervorrat ansammeln können und da die Äste des Baumes bis weit aufs Dach reichten, war es ihr ein Leichtes gewesen, diesen in der Dachrinne zu bunkern. Später hatte sie die Nüsse auf den Dachboden geschleppt und nun saß sie vor einem riesigen Berg, der bestimmt den gesamten Winter hindurch reichte.

Eines Tages, als Herr Heinze bereits im Bett lag, hörte er ein seltsames Geräusch über sich. Ein Klopfen. Woher es genau kam, konnte er nicht zuordnen. Einbrecher etwa? In letzter Zeit hatte es in dieser Gegend des Öfteren Vorfälle mit einer diebischen Jugendbande gegeben. Na warte, die sollten ruhig kommen! Er würde ihnen schon Beine machen! An der Wand hatte er das alte Jagdgewehr seines Vaters hängen, Doppellauf, Kaliber 20, damit würde er jeden Eindringling in die Flucht schlagen. Also rappelte sich Herr Heinze umständlich auf, nahm die Taschenlampe zur Hand, die er immer auf seinem Nachtkästchen liegen hatte, und leuchtete damit durch das geöffnete Fenster Garten und Fassade des Hauses ab. Nichts. Er tat dasselbe auch in den anderen Räumen, konnte aber nichts Verdächtiges ausmachen. Trotzdem sah er mit dem Jagdgewehr bewaffnet nach, ob er auch wirklich Haus- und Hoftür abgeschlossen hatte. Dann legte er sich wieder ins Bett. Kurz darauf erneutes Klopfen. Herr Heinze begann nachzudenken. Konnte es ein Tier sein? Ein Vogel vielleicht? Aber welcher Vogel war schon nachtaktiv? Und ein Käuzchen im Stadtgebiet kam ihm dann doch eher unwahrscheinlich vor. Mitten in seinen Überlegungen wurde er vom Schlaf übermannt und als er am nächsten Morgen aufwachte, fühlte er sich wie gerädert, zumal das Geräusch noch etliche weitere Male seine Nachtruhe gestört hatte. Dieses Szenario wiederholte sich tagelang und am Ende war er nur noch genervt.

Dann, an einem Morgen, machte er eine Entdeckung! Herr Heinze zog sich schläfrig an, um die Zeitung hereinzuholen. Er mochte schon während des Frühstücks lesen und über das aktuelle Weltgeschehen informiert sein. Er schlurfte die paar Stufen zur Zeitungsrolle hinab und da sah er auf dem schneebedeckten Boden, gleich neben der Hauswand, eine aufgeknackte Nuss liegen. „Wo kommt die denn her?", murmelte Herr Heinze, „Eine Nuss um diese Jahreszeit?" Er blickte zu dem kahlen Baum hinauf und schüttelte ungläubig den Kopf. Dann sah er etwa einen Meter entfernt eine weitere Nuss, diesmal war ein Loch in die Schale gehackt worden. Daher das Klopfen! Herr Heinze folgte der Spur rund ums Haus und stellte fest, dass überall verstreut ausgehöhlte Nüsse lagen. Sein Blick wanderte hinauf zum Dachboden und plötzlich dämmerte es ihm: Er hatte einen ungebetenen Gast dort oben! Einen Siebenschläfer? Oder einen Marder? Schnellen Schrittes ging er ins Haus zurück und setzte sich vor den Computer, um zu recherchieren. Bald hatte er gefunden, wonach er suchte: Es musste eine Gelbhalsmaus sein!

Am Nachmittag stieg Herr Heinze auf den Dachboden und sah sich zuallererst einem großen Berg Nüsse gegenüber, den die Maus angesammelt hatte. Er versuchte, sie mit allen möglichen Geräuschen anzulocken. Vergebens. Dann suchte er den Dachboden, so gut es ging, nach Verstecken ab, doch auch hierbei blieb er ohne Erfolg. Selbst das als äußerst zuverlässig angepriesene Mittel, welches er anschließend im Baumarkt erworben und großflächig ausgestreut hatte, bewirkte nichts. Eine Falle musste schnellstens her! Er wusste, dass sein Nachbar aufgrund einer einstigen Rattenplage in der Garage eine Lebendfalle besaß. Diese wollte er sich ausborgen und dem Tier den Garaus machen. Gesagt, getan. Er präparierte die Falle mit einem Leckerbissen und wartete gespannt darauf, dass das Tier hineintappte. Aber die Gelbhalsmaus war schlau und ließ sich tagelang nicht fangen. Zuletzt bereitete Herr Heinze ein regelrechtes Festtagsmenü aus verschiedenen Käsesorten, Körnern, Haselnüssen und Schokolade zu und siehe da, es war so weit – die Maus saß in der Falle!

„Ha, hab ich dich endlich, du kleines Biest!", triumphierte er. In seinem Siegestaumel spürte er, wie sein Körper nach der kräftezehrenden letzten Zeit schlagartig an Energie gewann. Er musterte das Tier und stellte erfreut fest, dass er mit seinen Vermutungen recht behalten hatte: Es war tatsächlich eine Gelbhalsmaus!

Diese saß völlig verstört in ihrem Gefängnis und zitterte am ganzen Körper. „Bitte tu mir nichts!", piepste sie kläglich.

„Nanu, eine Maus, die sprechen kann? Wo gibts denn so was!", rief Herr Heinze verwundert.

„Natürlich kann ich sprechen! Alle Tiere können das, so wie ihr Menschen auch. Nur wollt ihr uns oftmals nicht verstehn. Man kann sich auch verständigen, ohne dieselbe Sprache zu sprechen. Mit Gesten, Blicken und ein bisschen Gespür für sein Gegenüber. Ohne Worte – mit Herz."

„Hmm..." Herr Heinze griff nach der Falle und trug sie vorsichtig die Dachbodentreppe hinunter bis hin zur Haustür.

„Bitte lass mich leben!", jammerte das Mäuschen. „Eines Tages werde ich mich auch dafür erkenntlich zeigen. Ich weiß, du bist ein Tierfreund und hast ein großes Herz. Sonst würdest du mich ja nicht hören."

Herr Heinze zögerte, doch dann schüttelte er vehement den Kopf. „So leicht kommst du mir nicht davon! Du hast mir nächtelang mit deinem Geklopfe den Schlaf geraubt und es hat mich wertvolle Zeit gekostet, dich endlich aufzuspüren. Nein, du musst gehn, noch länger ertrag ich das nicht!" Entschlossen öffnete er die Tür.

„Aber wo soll ich denn hin? Draußen ist es bitterkalt und zum Fressen finde ich auch nichts mehr. Wenn du mich jetzt aussetzt, schickst du mich in den sicheren Tod." Die Gelbhalsmaus sah ihn mit großen Kulleraugen flehend an. Ihre Zähne schlugen vor Angst wild aufeinander und ihr Brustkorb hob und senkte sich wie verrückt. Ihr Anblick war herzzerreißend.

Herr Heinze riskierte einen Schritt ins Freie und wurde sofort von einer eisigen Windböe erfasst. Dicke Schneeflocken trübten die Sicht. Die Maus hatte recht – er konnte das arme Tierchen unmöglich davonjagen! Und bei näherer Betrachtung musste er zugeben, dass sie mit ihren großen Ohren, dem hellbraunen Fell und den schönen, schwarzen Augen wirklich entzückend aussah. Er schloss also die Tür wieder und sagte: „Na gut, aber auf dem Dachboden kannst du unmöglich bleiben." Er überlegte angestrengt. Da kam ihm eine Idee. „In meinem Werkraum im Keller hätte ich Platz für dich. Darin stehen nur eine kleine Werkbank, ein Regal und ein paar Kisten. Was meinst du, wär das ein neues Zuhause für dich?"

„Oh ja!", jubelte die Gelbhalsmaus und trippelte aufgeregt im Kreis.

Herr Heinze trug sie in den Keller hinunter und empfand dabei selbst eine gewisse Vorfreude. Den Werkraum hatte er zuletzt vor sechs Jahren benutzt, als er ein Vogelhäuschen gebastelt hatte. Ansonsten betrat er ihn nur, um Schraubenzieher, Zange oder dergleichen für einfache Reparaturarbeiten zu holen. Er stellte die Falle auf den Boden und als er sie öffnete, flitzte die Maus blitzschnell heraus und zu seiner linken Schulter empor. Sie stupste mit der Nase an seine Wange, so, als würde sie ihm ein Küsschen geben wollen. Herr Heinze musste unwillkürlich lachen, da ihre Barthaare so herrlich kitzelten. Er hob sie auf seine Handfläche und strich ihr über das weiche Fell. „Warte, ich hab noch was für dich!" Er setzte das Mäuschen auf den Boden, stieß die Tür hinter sich zu, sodass es ihm nicht entwischen konnte, und eilte zu den Wohnräumen hoch. Kurz darauf kam er mit drei dicken Wolldecken und einem Paar alter Hausschuhe wieder zurück. „Damit du es schön warm hast", sagte Herr Heinze, breitete die Decken aus und warf sie zu einem Haufen zusammen. Dann deutete er auf die Hausschuhe. „Die hab ich mal meiner Frau geschenkt, weil sie immer so kalte Füße hatte. Sind aus echtem Lammfell." Die Gelbhalsmaus kroch neugierig hinein und war nicht mehr gesehen. Später brachte er ihr noch ein Schälchen Wasser und die gesammelten Nüsse vom Dachboden – allesamt bereits aufgeknackt.

In den folgenden Nächten blieb das lästige Klopfen aus, Schlaf fand Herr Heinze dennoch keinen. Irgendwie fehlte ihm das Geräusch, das wurde ihm erst jetzt so richtig bewusst. Seit dem frühen Tod seiner Frau fühlte er sich oft alleine. Seine einzige Tochter lebte über dreihundert Kilometer entfernt, zu Besuchen reichte es daher nur selten. Freunde hatte er keine. Und der Kontakt zu seinen restlichen Verwandten beschränkte sich auf wenige Telefonate im Jahr, zu Anlässen gab es Glückwunschkarten. Das Geräusch hatte ihm auf seltsame Weise eine Konstante geboten, das Gefühl, dass jemand in seinem Leben regelmäßig vorhanden war. Wenn Herr Heinze nachts aufwachte, stieg er aus dem Bett und ging in den Keller hinunter, um sich zu vergewissern, dass die Maus noch da war. Meistens versteckte sie sich unter den Decken oder in einem Hausschuh, aber sobald sie ihn hörte, kam sie sofort auf ihn zugerannt. Er hob sie sodann auf seinen Arm und sie kuschelte sich zufrieden in seinen Schlafrock. Einmal hatte er abends vergessen, die Tür zu schließen und er fürchtete schon, die Gelbhalsmaus wäre ihm nun davongelaufen. Als er jedoch den Werkraum betrat, saß sie seelenruhig vor ihrer Futterschüssel und fraß. Da wusste er, dass sie ihn nicht verlassen würde und fortan schlief er tief und fest.

Die Zeit bis Weihnachten verflog wie im Nu, sodass Herr Heinze sogar darauf vergaß, seine übliche Weihnachtspost zu schreiben. Auch den Christbaumkauf hatte er bis zum letzten Tag hinausgezögert. Seine Tochter würde Augen machen, wenn sie am zweiten Feiertag mit ihrer Familie vorbeikam und ein schiefes, mickriges Bäumchen vorfand! Aber es machte ihm nichts aus, er musste sich schließlich um sein neues Haustier kümmern. Er wollte, dass es der Gelbhalsmaus an nichts mangelte und übte sich in stets neuen Futterkreationen; die neuen Lebensumstände hatten womöglich ihren Appetit gehemmt. Doch seine Bedenken waren völlig unbegründet. Und wie es ihr schmeckte! Sie kostete nicht nur von all seinen Leckereien, sondern fraß diese gleich ratzeputz auf und bekam bald ein dickes Bäuchlein.

Am Heiligen Abend hatte Herr Heinze eine besondere Köstlichkeit für sie vorbereitet: Es gab zerbröselte Nussecken im Käsemantel, garniert mit Buchweizen, Schokoladespänen und kleinen Apfelstücken. Alles auf einem schönen Teller angerichtet. Als er damit gegen Mittag den Werkraum betrat, saß die

Gelbhalsmaus ungewöhnlich angespannt auf einer der Decken. Ihre ohnehin schon großen Ohren schienen noch mehr gespitzt als sonst.

„Kannst du dich noch erinnern?", piepste sie. „Damals hast du mir das Leben geschenkt und mich bei dir aufgenommen. Nun hab ich ein Geschenk für dich. Frohe Weihnachten!" Sie rutschte ein Stück zur Seite und zum Vorschein kamen fünf kleine Mäuschen, die, noch nackt und blind, zusammengekauert auf der Decke lagen.

„Oh!", rief Herr Heinze entzückt und konnte sich an deren Anblick kaum sattsehen. Die Gelbhalsmaus war trächtig gewesen, daher ihr erhöhter Futterbedarf. Nie hätte er es für möglich gehalten, dass sie ihm ihre Aufnahme bei sich einmal tausendfach danken würde!

Von nun an lebten in Herrn Heinzes Haus jahrein, jahraus Gelbhalsmäuse. Stets wurden Junge geboren und Herr Heinze blühte in seiner Rolle als Tierpfleger förmlich auf. Er bereitete abwechslungsreiches Futter zu, fegte und säuberte den Fliesenboden und aktivierte seine Werkbank wieder, indem er ein Klettergerüst baute, mit vielen Löchern zum Hindurchsausen. Und die Streicheleinheiten kamen natürlich auch nicht zu kurz. Im Winter sorgte er für ein warmes Plätzchen und von

Frühling bis Herbst ließ er den Tierchen ein Fenster gekippt, damit sie jederzeit ins Freie klettern konnten.

Aber das Schönste daran war: Herr Heinze fühlte sich nie wieder einsam. Und sollte ihn doch einmal ein Gefühl von Traurigkeit überkommen, brauchte er nur in seinen Keller zu gehen und viele kleine Gelbhalsmäuse machten ihn wieder fröhlich!

Damals und heute

Damals waren es Maria und Josef,
vertrieben aus ihrer Heimat,
die aus fehlender Nächstenliebe
und Hilfsbereitschaft
nirgendwo Unterschlupf fanden.
Ihr Sohn Jesus wurde in einem Stall
auf Stroh geboren
und ist Inbegriff für
Hoffnung, Liebe und Frieden.

Heute sind es Daja und Esat,
die vor Krieg und Anfeindung fliehen,
auf der Suche nach Perspektive
und einem Leben in Freiheit.
Ihr Sohn Hakim wurde auf engstem Raum
in einem Frachtcontainer geboren
und ist Hoffnungsträger
für eine bessere Zukunft.

Damals und heute –
wirklich ein so großer Unterschied?

Ein Licht für Daniel

Drei Tage vor Weihnachten beschloss Daniel, sein Leben zu beenden. Es war der letzte Schultag des Jahres und er wollte nach dem Unterricht den Heimweg, der über den Bahnhof führte, nehmen. Er hatte alles geplant. Der Zug würde um 14:58 Uhr einrollen. Ein Stück weiter, wenn der Zug bereits wieder volle Geschwindigkeit aufgenommen hatte, kannte er eine Stelle, die gut über eine Böschung erreichbar war. Dort wollte er sich auf die Gleise legen, die Augen schließen und warten, bis es endlich vorbei war. Niemand würde ihn vermissen. Sein Vater schon seit sechzehn Jahren nicht, seit er sich gleich nach der Geburt aus dem Staub gemacht hatte. Der aktuelle Freund seiner Mutter würde es bestimmt ebenfalls begrüßen, wenn er einen Balg weniger an der Backe hatte. Kameraden hatte er keine, das Wort *Freund* war ihm fremd. In dem neuen Wohnblock, in den sie vor zwei Jahren umgezogen waren, hatte er keinen Anschluss finden können. Und seine Mutter? Ja, doch, die würde ihn vermissen. Mit Sicherheit. Sie und sein jüngerer Bruder waren es auch, weshalb Daniel mit seiner Entscheidung so lange gerungen hatte. Aber nach knapp einem Jahr seelischen Leids konnte er einfach nicht mehr."

So begann Herr Weber seinen Vortrag im Festsaal des Heinrich-Böll-Gymnasiums. Die anfänglich beträchtlich hohe Geräuschkulisse war absoluter Stille gewichen. Kein Kichern, kein Tuscheln, kein Husten. Er hatte die Aufmerksamkeit für sich. Herr Weber lächelte zufrieden in sich hinein und kostete den Moment noch eine weitere endlos lange Minute aus. Auf dem Tisch vor ihm war ein Mikrofon aufgebaut, dahinter stand ein kleiner Adventkranz. Keine der vier Kerzen jedoch brannte.

Er legte die Hände in seinen Schoß und fuhr fort: „Daniel war ein ganz normaler Junge. Nicht zu groß, nicht zu klein. Nicht zu dick, nicht zu dünn. Nicht der Älteste seiner Klasse, nicht der Jüngste. Keine Auffälligkeiten, keine überragend guten oder schlechten schulischen Leistungen. Insgesamt also eher unscheinbar. Und trotzdem wurde er schikaniert und ausgegrenzt wo nur möglich. Es hatte Anfang des Jahres begonnen. Grundlos, einfach so. Zwei Jungen aus seiner Klasse waren die Hauptverantwortlichen für die Gemeinheiten, die sie ihm antaten. Ralph, der wahrscheinlich Coolste der gesamten Schule, und Sascha, *der* Mädchenschwarm schlechthin. Was sie sagten, war Gesetz. Die anderen folgten. Niemand grüßte ihn, niemand sprach mit ihm, niemand wollte sich neben ihn setzen. Sie sagten, er würde stinken. Im Turnunterricht wollte ihn niemand in der Mannschaft haben, auch wenn er ein guter Fußball- und Basketballspieler war und beim Umkleiden wurde er gehänselt. Stand eine Gruppenarbeit oder ein gemeinsames Referat an, musste Daniel immer alles alleine machen. Verweigerte er einem Mitschüler, dessen Hausaufgabe zu schreiben, wurde er verprügelt. Seine Jause fand sich entweder im Mülleimer oder in den Bäuchen anderer wieder, vor allem wenn er einen Müsli- oder Schokoriegel bei sich hatte. Einmal klebte sein Jausenbrot sogar an der Tafel und Daniel musste es unter Gelächter eiligst beseitigen, bevor ein Lehrer das Klassenzimmer betrat. Seine Trinkflasche war fast täglich geleert. Infolgedessen nahm er sich nur noch zeitweise Obst mit und trank aus der Wasserleitung. Die Toilette suchte er – sehr zum Missfallen der Lehrkräfte – nur noch während des Unterrichts auf, was ihm bald einen Eintrag ins Klassenbuch bescherte. Aber seit einige Mitschüler die Kabinentür von außen verriegelt hatten und er über eine Stunde dort eingeschlossen war, getraute er sich nicht mehr, seine Notdurft während der Pausen zu verrichten."

Herr Weber hielt inne und räusperte sich. In dem großen Raum war die Luft ausgesprochen trocken und er nahm einen Schluck aus dem Wasserglas, das man ihm bereitgestellt hatte. Unter den Anwesenden herrschte betretenes Schweigen. Sehr schön, so sollte es sein.

Dann erzählte er weiter: „Seinen gewohnten Schulweg konnte Daniel ebenfalls nicht mehr nehmen, seit ihm an der Bushaltestelle mehrere Jungen aus seiner Klasse aufgelauert hatten. Er ging nun zu Fuß und bei schlechtem Wetter kam er immer zu spät. Die Lehrer rügten ihn, der Klassenvorstand ermahnte ihn erst mündlich, dann schriftlich. Daniel unterschrieb den Brief selbst, seine Mutter hatte schon genug um die Ohren. Da es naheliegend war, dass man sie irgendwann in die Direktion vorladen würde, versuchte er, noch zeitiger aus dem Haus zu gehen. Auch wollte er seine vielen Fehlstunden drastisch reduzieren, indem er nur noch Schulausflügen, Wandertagen und dergleichen fernblieb. In den Pausen blieb er still auf seinem Platz in der hintersten Reihe sitzen und las. Seit sie ihm vor Kurzem das Handy aus seinem Rucksack geklaut hatten, war eine Beschäftigung damit nicht mehr möglich. Und von dem wenigen Taschengeld, das er bekam, konnte er sich kein neues leisten. Natürlich gab es auch Tage, an denen sie ihn in Ruhe ließen, weil ein anderes Thema gerade interessanter war. Diese Tage waren die schönsten für Daniel. Fast wie Urlaub. Sobald sich jedoch der neue Gesprächsstoff erschöpft hatte, und dies war meist schon nach kurzer Zeit der Fall, wandten sie sich wieder voll und ganz seiner Person zu. Nach der Schule schloss er sich oft in seinem Zimmer ein und weinte. Er hatte niemanden, dem er sich anvertrauen konnte. Außerdem war ihm angedroht worden, dass man nicht nur ihn, sondern auch seinen jüngeren Bruder grün und blau schlagen würde, sollte er mit jemandem darüber sprechen. Vor dem Einschlafen betete er inständig, am nächsten Morgen nicht mehr aufwachen zu müssen. Doch sein Bitten wurde nicht erhört. Kurz vor Weihnachten zerbrach Daniels Seele endgültig."

Herr Weber bückte sich und hob seine Aktentasche auf den Tisch. Er holte daraus ein Päckchen Taschentücher hervor, um sich die Nase zu putzen. Das tat er immer so an dieser Stelle. Er wollte das Maximum an Spannung erzielen. Also ließ er sich Zeit. Sein Blick streifte durch den Saal, lauter gebannte Augenpaare starrten ihm entgegen. Er wartete weiter. Als schließlich einige Schüler anfingen, nervös auf ihren Stühlen hin- und herzurutschen, sagte er:

„Es war der letzte Schultag vor den Weihnachtsferien. Daniel hatte seine Entscheidung getroffen: Er würde heute seinem tristen Dasein ein Ende setzen. Dann kam Irina. Der Klassenvorstand stellte sie ihnen als neue Mitschülerin vor, ein Mädchen mit russischen Wurzeln. Ihr blondes Haar war zu einem Zopf geflochten, der bis zu ihrem Gesäß reichte. Sie hatte weiche Gesichtszüge und ihre dunklen Augen wurden von langen, schwarzen Wimpern umrahmt. Die Lippen hatte sie knallpink geschminkt. Irina trug die engsten Jeans, die Daniel je gesehen hatte, darüber einen blauen Rollkragenpulli und eine Goldkette mit Kreuz-Anhänger. Sie war zweifellos das schönste Mädchen des gesamten Jahrgangs. Als der Lehrer sie fragte, wohin sie sich setzen wolle, richteten sich alle Jungen kerzengerade auf und warfen ihr ein charmantes Lächeln zu. Auch jene, die bereits zu zweit an einem Tisch saßen, rückten eng zusammen und bedeuteten ihr, dass sie neben ihnen herzlich willkommen sei. Aber Irina wusste längst, was sie wollte. Mit verboten kokettem Hüftschwung ging sie ans Ende des Raumes und stellte sich neben Daniel.

‚Darf ich?‘, fragte sie und setzte sich, ohne seine Antwort abzuwarten. ‚Wie heißt du?‘

‚Äh, Daniel‘, stammelte dieser und war genauso fassungslos wie seine Schulkollegen.

‚Wohnst du hier in der Gegend?‘

‚Grünfeld-Siedlung.‘

‚He, das ist nur eine Haltestelle von mir entfernt‘, freute sich Irina. ‚Wir haben also den gleichen Schulweg. Du fährst doch mit dem Bus, oder?‘

‚Ähm, eigentlich schon… aber...‘, stotterte Daniel.

‚Super, dann fahrn wir ab jetzt gemeinsam! Hast du Lust, nach der Schule noch kurz auf den Weihnachtsmarkt zu gehn?‘

‚Ich weiß nicht...‘

‚Ach, komm schon! Das ist die letzte Gelegenheit, er schließt dieses Wochenende! Ich spendier auch 'ne Portion geröstete Mandeln. Oder Maroni, wenn du die lieber magst‘, flüsterte sie einen Tick zu laut.

‚Ruhe dort hinten!‘, ermahnte der Lehrer und Irina musste kichern.

Sie stupste Daniel unter dem Tisch an und zog fragend die Augenbrauen hoch.

‚Okay', willigte er schließlich ein, ‚aber ich muss vorher noch zuhause Bescheid geben und hab kein Handy dabei...'

‚Kein Problem, kannst meines nehmen.'

Und so kam es, dass Daniel sein ursprüngliches Vorhaben verwarf. Irina war wie ein Licht für ihn. Sie vertrieb seine dunklen Gedanken und brachte wieder Freude in sein Leben. Die inneren Wunden verheilten langsam, auch wenn ihn die unsichtbaren Narben noch Jahre später beschäftigen sollten.

Im neuen Jahr wurden auch die Karten neu gemischt – zugunsten von Daniel. Die gesamten Jungen seiner Klasse, allen voran Ralph und Sascha, wollten mit Irina zusammen sein. Aber sie ließ jeden abblitzen und hatte nur Augen für Daniel. Im freundschaftlichen Sinn. Sie lernten gemeinsam, gingen ins Kino, Pizza essen oder mit Irinas Hund spazieren. Sie alberten herum, schimpften über Lehrer und Mitschüler und verloren sich in Zukunftsträumereien. Alles, was Teenager eben so taten. Im Fasching gingen sie als Lily und Herman Munster verkleidet auf eine Kostümparty und Daniel konnte sich nicht erinnern, wann er zuletzt so befreit gelacht hatte. Mit Ausgrenzung, Anfeindung und Späßen auf seine Kosten war nun Schluss. Im Gegenteil! Daniel wurde zum begehrten Gesprächspartner, da seine Mitschüler hofften, so mehr über Irina erfahren und ihre Gunst doch noch erwerben zu können. Die Jungen beneideten ihn darum, dass sie sich ausgerechnet zu ihm gesetzt hatte. Und die Mädchen beneideten Irina, weil sie das Interesse der männlichen Schulkollegen uneingeschränkt auf sich zog. Als sie allerdings merkten, dass sich dies auch nicht so schnell ändern würde, wollte jede ihre Freundin sein. Sie erhofften sich, dass an Irinas Seite auch ihr eigener Beliebtheitsgrad wieder steigen würde. Außerdem hatte sie die tollsten Klamotten und Schminksachen. Und plötzlich wurde auch Daniel interessant für die Mädchen.

Irgendwann im Frühling erzählte er ihr von den schrecklichen Vorkommnissen im vergangenen Jahr. Irinas Reaktion darauf sprach Bände. Sie saß nur da und hörte ihm zu. Manchmal hatte sie vor Wut die Fäuste geballt, immer waren ihre Augen vor Entsetzen geweitet. Unentwegt liefen ihr silbern glitzernde Tränen über die Wangen und am Ende war Daniel es, der sie trösten musste und nicht umgekehrt. Am nächsten Tag, gleich vor Unterrichtsbeginn, ging Irina zum Klassenvorstand und berichtete ihm von Daniels Martyrium. Das darauffolgende Gespräch mit Daniel dauerte weit über eine Stunde. Er hatte seinen Lehrer noch nie so schockiert und aufgewühlt erlebt. Am Ende klopfte er Daniel sogar mitfühlend auf die Schulter. Im Anschluss zitierte er Ralph und Sascha in sein Sprechzimmer. Daniel wusste nicht, was der Lehrer zu ihnen gesagt hatte, aber als die beiden wieder herauskamen, waren ihre Köpfe hochrot und die Blicke gesenkt. Für den Rest der Woche waren sie krankgeschrieben, dann kamen ihre Mütter vorbei, um ihre Sachen abzuholen. Ralph und Sascha waren der Schule verwiesen und angezeigt worden. In einer eindringlichen Rede beschuldigte der Klassenvorstand die restlichen Schüler nicht nur als Mitläufer, sondern auch als Mittäter. Sie wurden verwarnt und deren Eltern über die erschütternden Vorkommnisse in Kenntnis gesetzt.

Heute ist Daniel glücklich verheiratet und hat einen Sohn. Mit Irina ist er nach wie vor eng befreundet. Als ehemaliges Mobbingopfer hält er nun selbst Vorträge in Schulen, Firmen und öffentlichen Einrichtungen. Er weiß, dass Mobbing jeden treffen kann, unabhängig von Alter, Geschlecht, Nationalität oder gesundheitlichen Einschränkungen. Er möchte die Menschen für dieses Thema sensibilisieren, sodass psychische Gewalt gar nicht erst Einzug findet."

Herr Weber entnahm seiner Aktentasche einige Broschüren und verteilte sie unter den Schülern.

„Auch heute noch fragt er sich, was wohl geschehen wäre, hätte es damals keine Irina gegeben und einen Lehrer, der beherzt genug gewesen war, das Geschehene nicht ohne Folgen zu lassen."

Mit einem langen Streichholz entzündete er die Kerzen auf dem Adventkranz. „Für all jene, die nicht so viel Glück hatten wie ich."

Wann ist Weihnachten?

Wenn sich ein lang ersehnter Wunsch erfüllt
und sich das Land in Schweigen hüllt.

Wenn der Winter
sein schönstes Gewand anzieht
und auf Erden ein kleines Wunder geschieht.

Wenn die Familie ganz eng zusammenrückt
und vereinter Gesang das Herz verzückt.

Wenn Feinde einander die Hände reichen
und Freunde nicht von der Seite weichen.

Wenn Verstorbene tief in uns weiterleben
und wir Liebe
uneingeschränkt Vorrang geben.

Wenn die Seele zur Ruh kommt
und Frieden erfährt
und wenn sich die Nacht aller Nächte jährt.

Dann ist Weihnachten da.

Der Weihnachtsmuffel

Herr Konrad hasste Weihnachten. Es gab kein anderes Fest, das er mehr verabscheute als dieses. Zugegeben, anderen Festlichkeiten gegenüber war er auch nicht gut gesinnt, aber Weihnachten war am allerschlimmsten. Überall herausgeputzte, geschmückte Häuser, Menschen, die sich betont freundlich gaben und Kaufhäuser, in denen man von Weihnachtsliedern berieselt wurde. Herr Konrad hatte nichts: keinen Adventkranz, keinen Christbaum oder sonstige Dekoration. Solchen Firlefanz konnte er nicht gebrauchen. Und schon gar keine Musik! Er sah auch keinen Sinn dahinter. Warum den Geburtstag von jemandem feiern, von dem man nicht einmal wusste, ob es ihn wirklich gab? Am Heiligen Abend genehmigte er sich höchstens ein Schlückchen Sekt und sah sich einen alten Videofilm an. Fernsehen konnte man ja nicht, da ausschließlich Weihnachtsfilme, Spendengalas oder Schlagershows, die er grundsätzlich ablehnte, gezeigt wurden. Ähnlich verhielt es sich zu anderen Anlässen. Silvester ging er demonstrativ früh ins Bett, im Fasching wollte er nicht lustig sein und Ostern aß er partout keine gefärbten Eier.

An einem Samstagnachmittag, genau zwei Wochen vor Weihnachten, läutete es an seiner Tür. Herr Konrad saß gerade im Esszimmer und studierte einen Stapel Werbeprospekte. Missmutig erhob er sich und drückte auf die Gegensprechanlage mit integrierter Kamera, um zu sehen, wer draußen war. Ach, herrje! Die alte Wachtel von nebenan! Frau Stirlinger. Sie stand mit jeweils einem Kind an der Hand vor der Tür – einem Mädchen, höchstens sieben Jahre alt, und einem größeren, hageren Jungen – und schwenkte etwas Undefinierbares in der Hand. Unschlüssig schlurfte er ins Vorhaus, um zu öffnen.

„Hallo, Herr Konrad", flötete sie, „wir machen gerade einen Rundgang und sammeln Spenden für das neue Flüchtlingsheim."

„Aha", brummte Herr Konrad.

„Für nur vier Euro erhalten Sie köstliche, selbstgebackene Kekse und tun damit auch noch etwas Gutes. Von dem Erlös werden Decken und Kleidung gekauft und eine schöne Weihnachtsfeier gestaltet." Sie wedelte mit dem Säckchen direkt vor seiner Nase herum. „Natürlich sind auch größere Spenden sehr willkommen", fügte sie rasch hinzu und lachte gekünstelt.

Herr Konrad zückte seine prall gefüllte Geldbörse, um exakt vier Euro herauszuzählen. Keinen Cent mehr. Er warf die Münzen in die dafür vorgesehene Box, als ihn das Mädchen fragte: „Warum hast du denn gar nichts geschmückt? Es ist doch bald Weihnachten!"

Herr Konrad blickte verdutzt.

„Gar keine Lichter?"

„Zu hoher Energieverbrauch!"

„Klugscheißer", murmelte der Junge, boxte das Mädchen in die Seite und flüsterte einen Tick zu laut: „Wahrscheinlich kann er das gar nicht." Und das Mädchen kicherte verhalten.

Herr Konrad zuckte mit den Schultern, verabschiedete sich kurzerhand und widmete sich wieder seinen Zeitschriften. Aber die Konzentration war dahin, ständig gingen ihm die Worte des Jungen durch den Kopf. Von wegen *nicht können*! Ein Herr Konrad konnte alles! So ein Lausebengel, er fühlte sich herausgefordert. *Wahrscheinlich kann er das gar nicht* – das war eine Kampfansage!

Am Montag, gleich in der Früh, fuhr er in den Baumarkt, um alle vorrätigen Lichterketten aufzukaufen, dazu fünf große, blinkende Sterne und einen Türkranz aus Tannenzweigen und roten Äpfeln. An der Kassa staunte er nicht schlecht über den hohen Betrag, aber er ließ sich nicht lumpen. Nicht er!

Den Nachmittag verbrachte er mit dem Anbringen des Gekauften und war am Ende höchst zufrieden mit seinem Werk. Etwas protzig zwar, aber allemal vorzeigbar. Als es dunkel wurde, schaltete er die Beleuchtung ein und stellte zu seiner Überraschung fest, dass er nun auch im Inneren kein Licht mehr aufzudrehen brauchte, da es ausgesprochen hell durch die Fenster hereinstrahlte.

Dann ging er ins Freie, um sein Kunstwerk noch einmal zu bewundern. Da begegnete er den beiden Kindern. Sie standen mit großen Augen vor der leuchtenden Hecke und kamen aus dem Staunen nicht heraus.

„Wow", entfuhr es dem Jungen, „das nenn ich mal 'ne ordentliche Weihnachtsdeko!"

„Es ist wunderschön!" Das kleine Mädchen strahlte ihn an. „Du hast die schönste Hecke im ganzen Dorf, Herr Konrad!"

„Das ist aber nett!" Herr Konrad fühlte sich angesichts der lobenden Worte geschmeichelt und errötete leicht.

„Und ich dachte schon, du magst Weihnachten nicht", sagte der Junge, „und bist böse auf uns, weil ich das neulich gesagt habe."

„Aber, aber...", Herr Konrad machte eine abwehrende Handbewegung, „wie kommst du denn darauf?"

„Frau Stirlinger!", rief das Mädchen prompt. „Sie meint, du magst keine Kinder und auch kein Weihnachten."

„Ach, papperlapapp! Natürlich mag ich Kinder. Und auch Weihnachten. Ich liebe Weihnachten!"

„Dürfen wir dann zu dir kommen, Herr Konrad, und gemeinsam feiern? Im Heim ist es bestimmt nicht so schön wie bei dir!"

„Ja, klar. Gar kein Problem! Vorausgesetzt, eure Eltern erlauben es."

„Unser Papa hat bestimmt nichts dagegen. Er ist ganz allein."

„Na, dann nehmt ihn doch auch mit!", schlug Herr Konrad großzügig vor.

„Au ja!", rief das kleine Mädchen begeistert und auch der Junge grinste schwach.

„Hast du auch einen Weihnachtsbaum?"

„Den größten weit und breit. Er reicht vom Fußboden bis zur Decke."

Die Kinder rissen die Augen weit auf. „Mit goldenen Kugeln?"

„Mit goldenen Kugeln, Lametta und Schokoladekonfekt!"

Nachdem das Mädchen einen Freudentanz aufgeführt und ihn unzählige Male umarmt hatte, ging Herr Konrad ins Haus zurück, schloss die Tür hinter sich und lehnte sich schwer dagegen. Großer Gott, was hatte er da nur angerichtet! *Ich liebe Weihnachten* – so ein Schwachsinn! Am liebsten hätte er den Heiligen Abend so wie jedes Jahr verbracht: allein, in aller Ruhe und so, als würde es diesen Tag gar nicht geben. Aber er musste ja gleich drei Gäste einladen – was für eine bescheuerte Idee! Und wer war schuld an allem? Die alte Wachtel natürlich! Wäre sie nicht mit den Kindern bei ihm aufgekreuzt, müsste er jetzt auch keine Weihnachtsfeier ausrichten!

Am darauffolgenden Tag suchte Herr Konrad den erstbesten Christbaumhändler auf.

„Was darf ich Ihnen zeigen?", fragte der Mann in grüner Arbeitskleidung und Gummistiefeln. „Blaufichte, Nordmanntanne, Silbertanne?"

„Egal. Ich nehm den größten, den Sie haben!"

Nachdem er ihn gemeinsam mit dem Verkäufer auf seinen Anhänger gewuchtet und unter größter Anstrengung ins Haus geschleppt hatte, bugsierte er das Monstrum nach etlichen Anläufen endlich in den Christbaumständer. Der Baum reichte bis wenige Zentimeter unter die Decke. Perfekt! Zur Erholung wollte sich Herr Konrad gerade einen Tee bereiten, als die Türglocke schrillte. Voll

Bedauern stellte er mittels Kamera fest, dass es erneut Frau Stirlinger war.

„Ich hab gehört, Sie haben an Heiligabend Familie Malik zu sich eingeladen. Wie nett von Ihnen! Um welche Zeit dürfen die drei kommen? Wäre Ihnen gegen fünf Uhr recht? Ich begleite die Familie natürlich her. Den Weg nach Hause finden sie dann sicher allein."

„Wunderbar!", meinte Herr Konrad. „Ich dachte, wir essen zuerst, dann kommt die Bescherung. Es gibt Bratwürstchen mit Sauerkraut und als Nachspeise Schokoladepudding. Den mögen Kinder doch gerne, oder? Muss ich bei den Würstchen auf Schweinefleisch achten?"

„Keine Sorge, die drei sind keine Muslime. Darf ich Ihnen etwas Weihnachtsdeko bringen? Mir ist aufgefalln, mit Schmücken haben Sie es nicht so", säuselte sie und spielte damit auf das einstige karge Äußere seines Hauses an.

„Aber nein, da irren Sie sich! Dekorieren ist meine große Leidenschaft!"

„Ach, wirklich?", fragte Frau Stirlinger erstaunt.

„Aber ja doch! Hier drinnen siehts aus wie auf 'nem Weihnachtsmarkt! Überall Tannenzweige, Strohsterne, Engel und Glöckchen.

Und aus einem Räuchermännchen duftet es herrlich nach Zimt und Bratäpfeln."

„Oh, wie schön!", rief Frau Stirlinger verzückt und klatschte vor Begeisterung in die Hände. „Darf ich Ihnen wenigstens eine meiner Weihnachts-CDs anbieten?"

„Aber Frau Stirlinger, wo denken Sie hin! Wir singen natürlich selbst! Und dazu begleite ich auf meiner Heimorgel."

„Tatsächlich? Sie spielen ein Musikinstrument?"

„Selbstverständlich! Ich hab schon gespielt, als meine Kinder noch klein waren und auch heute noch pack ich das gute Stück bei sämtlichen Festen aus." Herr Konrad biss sich auf die Zunge, wohl wissend, dass er das letzte Mal vor über dreißig Jahren beim runden Geburtstag seiner Schwägerin gespielt hatte und auch das mehr schlecht als recht.

„Herr Konrad, Herr Konrad", jubelte Frau Stirlinger völlig außer sich, „also ich muss schon sagen, Sie überraschen mich von Mal zu Mal mehr!"

Nach weiterem kurzen Smalltalk tänzelte sie die Treppe hinunter und Herr Konrad winkte zum Abschied. Na wunderbar! Warum musste er auch seine Klappe so weit aufreißen? Mürrisch stapfte er ins Arbeitszimmer, setzte sich vor den Computer und suchte nach bekannten Weihnachtsliedern mit den dazu passenden Noten. Dann ging er in den Keller und trug die Heimorgel, die bereits unter einer dicken Staubschicht begraben lag, hinauf ins Wohnzimmer. Von nun an hieß es: üben, üben, üben. Und zwar täglich!

In der letzten Woche vor Weihnachten fuhr er in die Stadt, um Christbaumschmuck und Dekoration aller Art zu kaufen. Außerdem suchte er nach passenden Geschenken. Für das Mädchen einen blauen Flauschpullover mit glitzerndem Stern darauf und eine Puppe mit langen Zöpfen und Blümchenkleid. Für den Jungen erstand er ein preiswertes Handy, damit er von seinen Klassenkameraden diesbezüglich nicht ausgegrenzt würde. Und nachdem auch Frau Stirlinger nicht leer ausgehen sollte, kaufte er noch ein Seidentuch in hellen Brauntönen.

Pünktlich um siebzehn Uhr kam Frau Stirlinger mit Familie Malik. Der Vater war ein kleiner, untersetzter Mann mit Schnauzbart und durchaus freundlicher Ausstrahlung. Herr Konrad begrüßte alle mit festem Handschlag und wünschte Frau Stirlinger „Frohe Weihnachten!"

„Hier. Für Sie." Er überreichte ihr das kleine Päckchen.

„Für mich?", fragte sie verwundert. „Oh, danke schön! Ich weiß gar nicht, was ich sagen soll..." Sie griff sich auf die geröteten Wangen.

Herr Konrad lächelte verlegen und bat seine Gäste einzutreten.

Diese bewunderten zuallererst die üppig dekorierten Räumlichkeiten und Herr Konrad platzte beinahe vor Stolz. Die Krippe mit den bemalten Holzfiguren hatte es den Kindern besonders angetan.

Dann trug Herr Konrad das Essen auf und nachdem alles ratzeputz aufgegessen war, nahm er an, dass es den dreien geschmeckt hatte. Zur Verdauung stieß er anschließend mit Herrn Malik mit einem Glas Wodka an und sie gaben sich dabei das Du-Wort. Herr Konrad erzählte aus seinem Leben, vor allem aus jener Zeit, als er selbst noch ein Kind gewesen war. Darunter waren auch lustige Anekdoten, über die alle herzhaft lachen mussten. Von den Kindern erfuhr er, dass ihre Mutter auf der Flucht verstorben war, sie gerne zur Schule gingen, ihre jeweilige Lehrerin mochten, aber überall nur als *Die Flüchtlinge* bezeichnet wurden. Samir spielte gern Fußball und Zahra wollte später einmal Schauspielerin werden. Herr Malik, also Yusuf, war noch immer auf Job- und Wohnungssuche und da er handwerklich sehr begabt zu sein schien, bot ihm Herr Konrad an, einstweilen einfache Reparaturarbeiten bei ihm im Haus zu übernehmen. Und im Frühjahr dann, wenn die Gartensaison begann, könnte er sich diesbezüglich im Nebenerwerb bei ihm nützlich machen. Er hatte ohnehin vor, sich zwei Hochbeete anzuschaffen, eines für Blumen und eines für Gemüse, und dafür konnte er Hilfe gut gebrauchen. Außerdem musste der Zaun ausgebessert und neu gestrichen werden.

Dann, vor der Bescherung, wies er alle an, vor der geschlossenen, mit einem Leintuch abgedunkelten Wohnzimmertüre zu warten und erst als Herr Konrad ein Glöckchen erklingen ließ, durften sie eintreten. Die Augen der Kinder waren so groß wie Suppenteller und ihre Münder standen weit offen, als sie den reichlich geschmückten Christbaum sahen.

„Sogar mit goldenen Kugeln!", staunte das kleine Mädchen.

Sie sangen gemeinsam die von Herrn Konrad vorbereiteten Lieder, in gebrochenem Deutsch zwar, dafür aber voller Inbrunst, und er spielte dazu auf seiner Heimorgel. Beim abschließenden „Stille Nacht" knipste er das Licht aus und zündete die Christbaumkerzen an und alle Augen glänzten vor Rührung. Schlussendlich wurden die Geschenke ausgepackt, die unter den Zweigen lagen.

„Oh, wie toll!", riefen die Kinder begeistert, „Dürfen wir das behalten, Papa?"

Herr Malik sah zu Herrn Konrad hinüber, der seinerseits eifrig nickte.

„Danke, Herr Konrad, du bist so lieb!" Zahra sprang auf und überhäufte ihn mit Küssen und Umarmungen. Sie streckte ihm ein in bemaltes Packpapier eingewickeltes Geschenk entgegen. „Das hab ich ganz allein gemacht!"

„Ach, wirklich?" Herr Konrad war überrascht, dass man auch an ihn gedacht hatte. In dem Päckchen befand sich ein fingergestrickter, roter Schal, dazu eine Zeichnung, die ihn vor seiner beleuchteten Hecke zeigte und rundherum lauter kleine Herzchen. Von Samir bekam er einen selbst geschnitzten Schuhlöffel, der Junge musste offenbar das Geschick seines Vaters geerbt haben.

Die beiden Männer setzten sich in die bequemen Ohrensessel, jeder ein Glas Whisky in der Hand, und sahen den Kindern beim Spielen zu, bis die Uhr Mitternacht schlug.

„Vielen Dank", sagte Yusuf zum Abschied, „so ein schönes Fest hätte ich meinen Kindern nie bieten können!"

Nachdem die drei gegangen waren, legte sich Herr Konrad ins Bett und kuschelte sich unter die warme Decke. Er war zufrieden, zufriedener als je zuvor. Es war ein wundervoller Abend gewesen, ebenso die Zeit davor. Er würde die Weihnachtsdekoration noch drei weitere Wochen belassen und nächstes Jahr zeitiger damit beginnen. Die Freude, die er heute in den Kinderaugen gesehen hatte, als sie vor dem geschmückten Christbaum standen und gemeinsam Weihnachtslieder sangen, war auch auf ihn übergesprungen und hatte ihn mit einer unglaublichen Glückseligkeit erfüllt. Die Dankbarkeit, auch über seine Geschenke, stand den Kindern ins Gesicht geschrieben und ebenso Yusuf war peinlich berührt gewesen. Ihm hatte Herr Konrad eine Flasche Marillenbrand geschenkt und im Gegenzug einen libanesischen Wein erhalten. Auf das Selbstgemachte, das er von den Kindern bekommen hatte, war er gleichermaßen stolz. Das schönste Geschenk aber hatte er sich heute wohl selbst gemacht. Seine Abneigung jeglichen Festen gegenüber, besonders Weihnachten, hatte sich in Luft aufgelöst. Er sah nun alles aus einem völlig neuen Blickwinkel. Und auch den Kuss, den ihm Frau Stirlinger bei der Verabschiedung auf die Wange gedrückt hatte, als Dankeschön für das, wie sie sagte, „unglaublich schöne Seidentuch", hatte er als überraschend angenehm empfunden. Er sollte sie gelegentlich auf einen Kaffee bei sich zu Hause einladen! Aber dazwischen gab es viel zu tun! Viele Feste und noch mehr Vorbereitungen. Im Fasching wollte er alle Heimbewohner zu einer Kostümparty einladen, an Ostern für die Kinder Nester verstecken, dann Geburtstag, Erntedank, Halloween, Nikolaus... Vielleicht auch ein Sommerfest? Er könnte bunte Vögel und Palmen als Dekoration wählen. Oder eine Unterwasserwelt. Mit vielen Ideen im Kopf schloss er die Augen und hoffte, dass er den Heiligen Abend in seinen Träumen noch einmal erleben dürfte.

Herr Konrad hatte verstanden: Man konnte mit Traditionen zwar brechen, aber sie gänzlich zu verneinen hieß auch, dass jeder Tag gleich und letztendlich nur Alltag war.

Vom Schenken

Schenk Liebe statt Rosen,
statt Spielzeug schenk Zeit,
umarmen, liebkosen –
das wäre gescheit!

Schenk Mut statt Pralinen
und ein offenes Ohr,
freundliche Worte,
das kommt selten vor.

Statt Schmuck schenk ein Lachen,
nette Worte dazu,
das kann glücklich machen
und trösten im Nu.

Statt Taschen und Weinen
schenk Aufmerksamkeit,
statt hundert Geldscheinen
schenk Hilfe im Leid.

Die schönsten Geschenke,
die kannst du nicht kaufen,
das Wertvollste kommt von dir ganz allein!
Du brauchst nicht lang suchen
oder zu laufen –
sieh einfach tief in dein Herz hinein!

Sein persönliches Christkind

Paul fuhr geschickt über das holprige Kopfsteinpflaster und hielt vor einem Zigarettenautomaten. Seine Einkäufe für den morgigen Tag hatte er bereits am Vormittag erledigt, als noch nicht so viel los gewesen war. Er hasste Menschenansammlungen. Gedränge, unfreundliche, genervte Blicke, Pöbeleien. Hilfsbereitschaft war ohnehin ein Fremdwort. Niemand reichte ihm das Gewünschte aus einem der oberen, für ihn unerreichbaren Regale. Niemand hielt einem die Tür auf. Im Gegenteil – sie wurde ihm noch vor der Nase zugeknallt! Aber das war er seit einundzwanzig Jahren, in denen er nun im Rollstuhl saß, gewohnt. Seine Mutter hatte ihn zwar für Heiligabend mehrmals eingeladen, doch er hatte jedes Mal dankend abgelehnt. Er hatte keine Lust auf die Erfolgsgeschichten seines Bruders und die alljährlichen Streitereien zwischen seinen Eltern. Auch seinen beiden Nichten mochte er nicht beim Auspacken der Geschenke zusehen, nur um anschließend das Gejammer seiner Mutter zu hören, wie traurig es doch wäre, dass er das nie erleben dürfte – eine eigene Familie. Als ob er das nicht selbst am meisten bedauerte!

Dazu der Schulterklopfer seines Vaters, unter dem er noch kleiner zu werden schien und der unausgesprochen hieß: „Schade, mein Junge, dass aus dir nichts geworden ist." Zu allem Überdruss warf ihm seine Schwägerin auch noch alle paar Minuten mitleidige Blicke zu und auf den traditionellen Weihnachtskarpfen, den es schon gab, seit er denken konnte, hatte er am allerwenigsten Lust. Er würde sich einfach Würstchen machen, die letzten verbliebenen Kekse verspeisen und sich dann im Fernsehen einen guten Film ansehen.

Nachdem er die heruntergedrückte Zigarettenschachtel aus dem Auswurf genommen und sie in seiner Jackentasche verstaut hatte, bog er wenige Meter später in eine schmale Seitenstraße ab. An deren Ende befand sich eine Bar, die sich „Bloody Mary" nannte. Paul hatte das Lokal durch Zufall entdeckt, als er an einem schönen Sonntagnachmittag einen Ausflug in die Stadt gemacht hatte. Damals war es natürlich geschlossen gewesen, aber jetzt wollte er sich ein gemütliches Bier vor den Feiertagen vergönnen. Über dem Eingang waren Tannenzweige angebracht, an denen goldene Christbaumkugeln hingen und in dem Fenster links neben der Tür leuchteten batteriebetriebene Sterne und Engel um die

Wette. Das Gebäude ließ sich ebenerdig betreten, es schien also wie für ihn gemacht.

Vor einem an der Wand angebrachten Wärmestrahler standen drei junge Männer und rauchten. Einer von ihnen, mit strähnigem blonden Haar, wirkte bereits angeheitert. Als sie Paul bemerkten, fingen sie an, sich über ihn lustig zu machen.

„He, Knirps! Musst du nicht längst im Bett sein? Mutti wartet sicher schon!"

Schallendes Gelächter.

„War bestimmt schon Gitterbettsperre!"

Wieder prusteten alle los.

Paul ignorierte die Sticheleien und rollte Richtung Eingang.

Da versperrte ihm der Blonde den Weg.

„Das da drin ist nichts für dich. Das ist nur was für *richtige* Männer!"

„Lass mich bitte vorbei!", forderte Paul, doch der Mann vor ihm stellte sich noch breitbeiniger hin und verschränkte die Arme als Zeichen, dass ein Vorbeikommen an ihm unmöglich war.

„Stell dir vor, da drinnen sind ein paar scharfe Bräute und die sehn dich so!"

„Ja genau", grölte ein anderer, „die könnten sich zu Tode erschrecken!"

Erneutes Gelächter, diesmal noch lauter.

Paul lenkte seinen Rollstuhl ein Stück weiter nach rechts und versuchte so, dem Blonden auszuweichen. Er wollte keinen Streit. Er würde ohnedies nur den Kürzeren ziehen.

Plötzlich wurde ihm von hinten die Mütze vom Kopf gezupft und als er sich umdrehte, sah er, wie sie der Mann hinter ihm zu seinem Freund warf und dieser wiederum zu dem Blonden vor ihm. „He, lasst das! Gebt sie mir zurück!", rief Paul nun zornig.

„Komm, hol sie dir doch!", foppte der Blonde. Er wedelte mit der Mütze vor Paul herum und immer, wenn dieser seine Hände danach ausstreckte, zog er sie schnell weg und hielt sie hoch in die Luft. „Siehst du, Knirps, ich habs dir ja gesagt: Du bist kein richtiger Mann!" Er warf die Mütze erneut zu einem seiner Freunde und sie spielten reihum Fangen.

Paul fuhr zwischen den drei Männern hin und her und versuchte, seine Kopfbedeckung wiederzuerlangen, wurde sich jedoch schnell der Tatsache bewusst, dass es ein aussichtsloses Unterfangen war. Frustriert gab er auf. Sollten sie doch ihren Spaß haben! Die Mütze hatte ohnehin nicht viel gekostet, auch wenn er sie gern mochte. Wahrscheinlich war es wirklich besser, auf sein Getränk zu verzichten und nach Hause zu fahren. Er hatte sowieso keine Lust mehr. Im Laufe der Jahre hatte er zwar eine dicke Elefantenhaut bekommen, derartige Anfeindungen taten aber immer noch weh.

„Okay, Jungs, gebt ihm das blöde Ding zurück. Sonst fängt er noch an zu heuln!", rief auf einmal der Blonde.

Prompt wurde sie Paul von der Seite her ins Gesicht geschleudert. Blitzschnell ergriff er sie und zog sie sich tief in die Stirn. „Danke", murmelte er abwesend.

„Und jetzt verzieh dich!", schnauzte der Blonde. „Daheim hat dir Mutti sicher schon ein Fläschchen gemacht. Außerdem ist morgen Weihnachten und du weißt, was passiert, wenn man schlimm ist..."

„Dann gibts keine Geschenke!", vervollständigten die Freunde den Satz.

„Richtig", bestätigte der Blonde, „und vielleicht ist ja 'ne frische Packung Windeln für dich dabei!"

Alle brachen daraufhin in gackerndes Gelächter aus und hielten sich gekrümmt die Bäuche. Nur Paul saß mit hochrotem Kopf teilnahmslos da und starrte ins Leere.

„Er glaubt bestimmt noch an den Weihnachtsmann!", prustete der Blonde und konnte sich kaum noch auf den Beinen halten.

„Christkind", ertönte plötzlich eine tiefe Stimme hinter ihnen.

Als sie sich umdrehten, sahen sie einen Mann im Eingang der Bar stehen, zweifellos der Türsteher. Kahl rasierter Schädel, muskelbepackt, an die eins neunzig groß. Sein linkes Ohrläppchen war von gold-silbernen Ringen durchlöchert und die Tattoos, die sich vom Ausschnitt seines eng anliegenden T-Shirts bis zum Hals hinauf schlängelten, ließen vermuten, dass sie überall am Körper vorzufinden den waren.

„Den Weihnachtsmann gibts nur in Amerika. Hier bei uns haben wir das Christkind", sagte der Hüne zur Erklärung. Sein Mund war dabei zu einem schmalen Strich geformt, mit eisigem Blick fixierte er die drei jungen Männer.

Der Mann vor Pauls Rollstuhl sprang nun zu seinen Freunden hinüber, sodass Paul freie Sicht auf die imposante Erscheinung erhielt.

„Meinetwegen, dann glaubt er halt ans Christkind", murmelte der Blonde und versuchte, dabei cool zu wirken. Aber das Zittern in seiner Stimme war nicht zu überhören. „Und wer tut das noch als richtiger Mann, außer unsrem Knirps hier? Ist doch lustig, oder?" Er lachte nervös und sah Zustimmung heischend in die Runde, erntete jedoch nur versteinerte Mienen.

„Ich!", dröhnte da die tiefe Bassstimme des Türstehers. „Ich glaub ans Christkind."

Die folgende Stille war erdrückend und unheilvoll.

Irgendwann fasste der Blonde neuen Mut und hob abwehrend die Hände. „Okay, Mann, nichts für ungut. War nur Spaß."

Daraufhin schoss der Türsteher blitzartig nach vorne und stieß ihm mit der flachen Hand auf die Brust, sodass der Blonde rückwärts taumelte und einen Sturz gerade noch verhindern konnte.

„He, was soll der Scheiß?"

„Wieso? Ist doch nur *Spaß*! Beim nächsten Mal nehm ich beide Hände und dann schaun wir mal, wie weit du fliegst, wenn ich meine ganze Kraft anwende. Wie findest du das? Lustig, oder?" Er grinste breit. „Was ist mit euch?" Der Hüne zeigte auf die beiden anderen Männer. „Warum lacht ihr nicht? Vorhin fandet ihr es doch auch so witzig!"

Die jungen Männer hielten die Köpfe gesenkt und schwiegen.

„Nein, bitte nicht", flehte da der Blonde, „ich habs nicht so gemeint. Wir verschwinden einfach und dann ist alles gut, ja?" Er schlich bereits vorsichtig zurück und wartete, bis auch seine Freunde zu ihm aufgeschlossen hatten. Beinahe gleichzeitig drehten sie sich um und wollten schnellen Schrittes davoneilen, wurden jedoch nach wenigen Metern zurückgepfiffen.

„Stopp!", brüllte der Türsteher in militärischem Befehlston. „Zurück!"

Die drei Männer gehorchten augenblicklich und sahen den Türsteher fragend an.

„Entschuldigen!" Er nickte in Richtung Paul.

„Es tut uns leid", sagte der Blonde sofort.

„Ja, wirklich", versicherten auch die anderen Männer, „sorry, war blöd von uns."

Damit machten sie kehrt, kamen allerdings wieder nicht weit.

„Umkehren!", schrie der Türsteher erneut.

Entmutigt und genervt zugleich kamen die Männer zurück.

„Hat man euch nicht beigebracht, wie man sich *richtig* entschuldigt?" Da er offensichtlich keine Antwort erwartete, sagte er im selben Atemzug: „Mit Handschlag!"

Paul konnte sich ein triumphierendes Grinsen nicht verkneifen, als die drei aufgefädelt vor ihm standen, ihm die Hände reichten und es dabei kaum schafften, ihm in die Augen zu sehen.

„Was ist mit einer Entschädigung?" Zur Erklärung rieb der Türsteher Daumen, Zeige- und Mittelfinger aneinander.

Einer der Männer zückte seine Geldbörse und beförderte ein paar Münzen ans Tageslicht.

„Kannst du vergessen, das reicht nicht mal für ein Bier!"

Daraufhin zog der Blonde einen zerknitterten Zehn-Euro-Schein aus seiner Hosentasche hervor und ließ ihn auf Pauls Schoß fallen. „Genügt das?"

„Schon besser", brummte der Türsteher zufrieden. „Und jetzt passt gut auf, ihr feigen Arschlöcher!" Er zeigte mit ausgestrecktem Zeigefinger auf die drei Männer und spannte dabei seinen Brustkorb bedrohlich an. „Wenn ich noch einmal sehe, dass ihr jemanden diskriminiert, insbesondere Menschen mit Handicap, Ältere und Kinder, dann reiß ich euch den Arsch auf, dass ihr drei Wochen lang nicht sitzen könnt! Dasselbe gilt, sollte es mir zu Ohren kommen. Ich hab euch auf Bild." Er deutete auf eine unter den Tannenzweigen versteckte Kamera über dem Eingang. „Eure Adressen find ich leicht raus, dann steh ich persönlich vor eurer Tür und polier euch die Fresse auf Hochglanz! Und glaubt mir, ich kenn eine Menge Leute in der Stadt. Irgendein Vögelchen zwitschert immer. Verstanden?"

Als Antwort kamen einstimmiges Nicken und ein kleinlautes „Ja".

„Gut", donnerte der Türsteher, „dann haut ab und lasst euch hier nie wieder blicken! Ihr habt Hausverbot!"

Das ließen sich die jungen Männer nicht zweimal sagen und eilten in raschem Laufschritt davon. Paul sah ihnen nach und blies geräuschvoll die Luft aus.

„Auf ein Bier?", fragte der Türsteher hinter ihm.

„Gern", nickte Paul, „aber erst einmal brauch ich 'ne Zigarette."

„Da bin ich dabei."

Sie stellten sich vor den Wärmestrahler, neben dem sich auch ein großer Aschenbecher befand.

„Danke für deine Hilfe", sagte Paul, „vielen Dank!"

„Nicht der Rede wert", winkte der Türsteher ab und steckte sich eine Zigarette in den Mund. Er bot zuerst Paul Feuer an und legte dabei seine Hand schützend vor die Flamme. „Wenn sich jemand nur dann stark fühlt, wenn er auf körperlich Schwächere losgeht, seh ich rot. Lass dir von solchen Typen nicht die Freude am Leben verderben! Die haben menschlich nichts zu bieten und es kratzt an ihrem Ego, wenn sie merken, dass sie dir diesbezüglich weit unterlegen sind. Du bist kein schlechterer oder besserer Mensch, nur weil du da drin sitzt." Er nickte in Richtung Rollstuhl. „Ist lediglich 'ne körperliche Funktion, die ausgefalln ist. Das wirklich arme Schwein ist der, der das nicht kapiert. Für ein blödes Hirn gibts nämlich weder 'ne Transplantation, noch 'ne Prothese oder sonst irgendein Hilfsmittel. Und auch da mein ich niemanden, der gesundheitlich eingeschränkt ist, sondern ausschließlich so Idioten wie eben." Er blies den Rauch in die Luft und streckte Paul seine Hand hin. „Ich bin Edgar. Aber alle nennen mich Ed."

Paul ergriff die Pranke und stellte sich ihm vor.

„Wie lange sitzt du schon?", fragte Ed.

„Mein halbes Leben. Motorradunfall gleich nach der Ausbildung. Nasse Fahrbahn, zu schnell in die Kurve rein." Paul zuckte mit den Schultern. „Einen Job bei der Berufsfeuerwehr konnt ich somit vergessen."

„Scheiße, Mann!" Edgar schüttelte den Kopf und sie schwiegen, bis sie ausgedämpft und sich an einen Tisch gleich vor dem beleuchteten Fenster der Bar gesetzt hatten.

Im „Bloody Mary" herrschte schummriges Licht, aus den Lautsprechern tönte gedämpft Led Zeppelins „Stairway to heaven". Paul warf einen Blick zu den hinteren Tischen und stellte fest, dass sie um diese frühe Uhrzeit gänzlich unbesetzt waren. Nur am Tresen lehnte ein weiterer einsamer Gast. Genau so, wie er es sich gewünscht hatte.

Edgar beugte sich über seinen Stuhl und hob die Hand. „Molly, zwei Bier für uns, bitte!"

„Wird gemacht!", salutierte die Barfrau belustigt und drehte sich zu den Zapfhähnen. Wenig später kam sie mit zwei vollen Gläsern an den Tisch und Paul zückte den Zehn-Euro-Schein.

„Lass stecken", meinte Ed, „geht aufs Haus."

„Aber..."

„Ja, ja, so ist er. Unser Schaf im Wolfspelz", zwinkerte die rothaarige Barfrau ihm zu und tätschelte beim Weggehen Eds Schulter.

Paul hob sein Glas und prostete ihm zu. „Danke!"

Der Türsteher tat es ihm gleich und die Gläser schlugen klirrend aneinander. „Und, morgen großes Familientreffen?"

„Treffen schon, aber ohne mich. Hab keine Lust auf die Heile-Familie-Nummer."

„Dann komm doch zu unserer Christmas-Party. Zwischen achtzehn und zwanzig Uhr spielen wir Weihnachtslieder und auch live gibt Molly ein paar Songs zum Besten. Gerne auch zum Mitsingen. Außerdem gibts Kekse und auf Vorbestellung Bratwürstchen. Und der Chef verteilt Geschenke. Im Vorjahr gabs für jeden Gast 'nen Piccolosekt mit Rentier-Anhänger. Bin schon gespannt, was er sich diesmal hat einfalln lassen." Er nahm einen großen Schluck und wischte sich mit dem Handrücken den Schaum von den Lippen. „Und dann geht die Post ab mit Rockmusik vom Feinsten. Was ist, bist du dabei?"

„Ich weiß nicht so recht...", überlegte Paul.

„Natürlich kommst du! Morgen sind lauter anständige Leute hier. Einsame Seelen oder solche, die keinen Bock auf ‚traditionell' feiern haben. Die meisten kommen schon seit Jahren und haben ein mehr oder weniger schweres Schicksal hinter sich." Edgar winkte zum Tresen hinüber. „Molly, schreib Paul für ein Paar Würstchen ein!" Und zu Paul sagte er mahnend: „Du weißt aber schon, dass Vorbestellungen verpflichtend sind?"

„Na gut", lachte Paul, „dann muss ich wohl kommen." Insgeheim freute er sich über die

Einladung und er überlegte bereits, welche seiner vielen Schallplatten er Edgar mitnehmen könnte. Als Dankeschön sozusagen. Auch wenn er fürchtete, dass dieser nichts annehmen würde, weil er sein heutiges Verhalten als selbstverständlich erachtete.

Sie plauderten über alles Mögliche, aus einem Bier wurden bald drei und die Zeit verflog im Nu. In ihren Gesprächen stellten sie fest, dass sie die Leidenschaft für den gleichen regionalen Fußballclub teilten und sie vereinbarten, bei Saisonstart gemeinsam ins Stadion zu gehen. Zuvor wollten sie ins Kino, in zwei Wochen schon. Irgendein Naturfilm über Haie, Ed stand auf Tierdokus und Paul war es egal – er wäre auch in einen Liebesfilm mit ihm gegangen.

Je später es wurde, desto mehr Leute strömten in das Lokal, aber es machte Paul nichts aus. Mit Ed an seiner Seite fühlte er sich allen überlegen. Irgendwann beschloss Paul aufzubrechen, schließlich wollte er für morgen Abend ausgeruht sein. Er rief sich ein Taxi und Edgar bestand darauf, ihn zu begleiten und mit ihm gemeinsam bis zu dessen Ankunft zu warten.

Vorne an der Straße tauschten sie ihre Nummern aus und Edgar meinte: „Du kannst mich jederzeit anrufen, vor allem, wenn du wieder mal meine Hilfe brauchst."

Paul nickte und nutzte die Gelegenheit, um ihm eine letzte Frage zu stellen, die ihm schon den ganzen Abend auf der Zunge brannte. „Sag mal, Ed, war das ernst gemeint vorhin, dass du an das Christkind glaubst?"

„Natürlich! Im Leben dreht sich doch alles ums Glauben. An uns selbst, an andere, an das Gute, Liebe, den Einzug in die Bundesliga nächstes Jahr..." Er grinste. „Außerdem will ich nicht, dass *das* hier schon alles war." Mit einer ausladenden Handbewegung deutete er auf die Umgebung. „Ich will, dass es weitergeht. Und ich will unbedingt meine Mutter wiedersehn! Meinen Freund Alex, viele Bekannte, meine Dogge Lucy..." Er hielt einen Moment inne. „Ich weiß, was du denkst. Wenn es da oben jemanden gibt, warum lässt er dann zu, dass du im Rollstuhl sitzt? Und all das andere Elend auf der Welt, die ganze Ungerechtigkeit!" Er seufzte. „Ich weiß es nicht, Mann, und wenn ich dem da oben begegne, gibts dafür erst mal 'ne gestreckte Linke. Aber dann umarm ich ihn auch für all die schönen Momente, die er mich erleben hat lassen. Wenn ich aufhöre zu glauben, hab ich nichts mehr, verstehst du? Ich will all die andren wiedersehn! Es gibt nichts, das ich mehr will. Also glaube ich. Da gibts keine Alternative."

„Hmm...", machte Paul.

„Und was das Christkind angeht", fuhr Ed fort, „so glaub ich natürlich nicht wie Kinder daran, dass es Geschenke untern Christbaum legt. Aber dass es uns beschenkt, glaub ich sehr wohl. Nicht materiell, anders eben." Er kratzte sich am Kinn. „Was ist mit dir, glaubst du dran?"

„Auf jeden Fall!", lächelte Paul und dachte bei sich, dass er sein persönliches Christkind soeben gefunden hatte.

Es ist kalt geworden

Draußen versinkt das Land in Watte
und die schneebedeckten Bäume
lassen schwerfällig ihre Äste sinken.
Auf den Wiesen glitzert das Weiß
in der schwachen Wintersonne
und auf den Fensterscheiben
zeigen Eisblumen ihre schönsten Motive.
Flüsse und Seen liegen einsam
unter einer dicken Eisschicht verborgen,
an manchen Tagen fallen Flocken
wie ein dichter Vorhang vom Himmel herab.

Es ist kalt geworden.

Unter uns Menschen sind Mitgefühl,
Verständnis, Hilfsbereitschaft
und Dankbarkeit rar geworden.
Fehlende Verlässlichkeit,
fehlende Ehrlichkeit,
gebrochenes Vertrauen.
Wer kann heute noch zuhören?
Zeigt Interesse am Leben des anderen,
fragt nach dessen Befinden,
Sorgen, Meinung, Wünschen?
Wer nimmt sich heute noch Zeit?

Jeder ist auf seinen eigenen Vorteil bedacht –
wo ist das Miteinander?
Wir gehen nebeneinander her
und haben uns nichts mehr zu sagen.

Es ist kalt geworden.

Irgendwo wird ein Kind geboren.
Sein Blick ist neugierig, offen, unschuldig.
Voll Liebe und Vertrauen.
Ohne Vorurteile, ohne Berührungsängste.
Sein Lachen gleicht
einer Umarmung für die ganze Welt.

Und es wird ein klein wenig wärmer.

Maries Reise

"H allo", sagte der Mann, der mit verschränkten Armen am Fensterbrett lehnte. Die hereinfallenden Sonnenstrahlen färbten sein Haar golden.

„Hallo", sagte auch die kleine Marie und hob eine Hand, die schwach auf der Bettdecke ruhte, zum Gruß. „Wer bist du?"

„Ich bin Tobias, ein Engel. Aber nenn mich ruhig Tobi!"

„Ein Engel?", fragte Marie erstaunt. „Und wie bist du hier reingekommen?"

„Geflogen." Der Engel nickte zu dem gekippten Fenster neben sich.

„Du kannst fliegen? Toll!" Maries Augen weiteten sich unter dem haarlosen Kopf.

„Natürlich! Alle Engel können fliegen."

„Und wo sind deine Flügel?"

„Die breite ich nur beim Fliegen aus. Am Boden habe ich Arme, so wie die Menschen."

„Dann hat dich also auch Schwester Margot nicht gesehn", stellte Marie erleichtert fest, „das ist gut. Sie kann nämlich ganz schön böse werden, wenn unangemeldeter Besuch kommt."

Tobias zuckte mit den Schultern. „Für die bin ich ohnehin unsichtbar. Selbst wenn sie jetzt ins Zimmer käme, könnte sie mich nicht sehn."

„Und warum seh ich dich dann?"

„Weil du an Engel glaubst! Man muss nicht sehen, um zu glauben, sondern glauben, um zu sehen."

Marie nickte, ohne ein Wort verstanden zu haben. „Ist das Fliegen so schön wie mit dem Flugzeug?", wollte sie stattdessen wissen. „Ich war mal mit meiner Mama auf Urlaub in Griechenland und da sind wir ganz hoch über den Wolken geflogen und als die Sonne unterging, hat sich der ganze Himmel rot verfärbt."

„Ja, so ähnlich ist das", bestätigte der Engel, „aber noch viel, viel schöner! Du musst dich nicht auf einen engen Sitzplatz zwängen, sondern bist frei wie ein Vogel, leicht, unbeschwert. Und du hast keinerlei Schmerzen mehr. Du hast doch manchmal Schmerzen, stimmts?" Er blickte zu den Apparaten hinter Marie, an die sie mit etlichen Schläuchen angeschlossen war und die ein stetiges Piepen und Surren von sich gaben.

„Ja, schon. In der Nacht kann ich oft nicht schlafen, weil mein Kopf so weh tut. Aber pssst", das kleine Mädchen legte einen Zeigefinger auf die Lippen, „nichts meiner Mama sagen! Sie wird sonst wieder traurig und muss weinen. Dabei hat sie so ein schönes Lachen! Wenn sie lacht, muss ich auch gleich damit anfangen. Weißt du, was ich am liebsten mit ihr mache? Fangen spieln! Denn sobald sie mich erwischt hat, kitzelt sie mich überall und wir albern herum und finden dann alles furchtbar komisch."

Der Engel näherte sich Maries Bett und tätschelte ihre schmale Schulter. „Das ist schön. Das ist wirklich schön! Möchtest du, dass ich dir das Fliegen beibringe?"

„Au ja!", rief Marie begeistert. „Was muss ich tun?"

„Du brauchst nur meine Hand zu nehmen und schon schweben wir durch die Lüfte, zum Himmel empor."

„Kann ich meine Mama auch mitnehmen? Sie hat mir nämlich verboten, allein mit Fremden mitzugehn. Sie könnte ja deine andere Hand nehmen."

Tobias schüttelte den Kopf. „Das geht leider nicht, die brauch ich zum Steuern."

„Schade." Marie verzog enttäuscht das Gesicht.

„Aber ich hol deine Mutter nach und sag ihr einstweilen, dass es dir gut geht und sie sich keine Sorgen machen muss", warf der Engel schnell ein.

„Und wie lang wird das dauern?"

„Für dich nur einen Wimpernschlag."

Marie überlegte. Ein Wimpernschlag, das war nun wirklich nicht lange. Dagegen würde ihre Mutter bestimmt nichts einzuwenden haben. Ihre Miene hellte sich schlagartig auf. „Na, dann los", rief sie voller Vorfreude und ergriff Tobias' Hand, „worauf warten wir?"

Der Engel zögerte einen Moment, dann sagte er: „Ich muss erst noch meine Brille holn. Die hab ich vergessen und hätte beim Herfliegen fast das Fenster hier verpasst. Aber in der Nacht komm ich wieder und dann fliegen wir. Versprochen!"

„Na gut." Das Mädchen deutete auf das Schiebekästchen neben seinem Bett. „In der obersten Lade ist noch eine Packung Kekse, die können wir auf unsre Reise mitnehmen, falls wir hungrig werden."

„Dort, wo wir hinfliegen, bekommst du alles, was du möchtest."

„Auch Erdbeereis mit Gummibärchen?", erkundigte sich Marie vorsichtig.

Der Engel lachte. Es war ein helles, freundliches Lachen. Fast so schön wie das ihrer Mutter. „Auch Erdbeereis mit Gummibärchen. So viel du willst."

Marie lächelte selig, kuschelte sich noch fester unter ihre Bettdecke und träumte bereits von fünf Riesenkugeln Eis.

Kurz vor dem Abendessen kam ihre Mutter vorbei.

„Mama, Mama, stell dir vor, heute war ein Engel bei mir!", rief das kleine Mädchen aufgebracht, noch ehe die beleibte Frau Mitte dreißig die Tür hinter sich geschlossen hatte.

„Tatsächlich?"

Marie nickte. „Er heißt Tobias und ist total nett und will mir das Fliegen beibringen! Noch heute Nacht! Es ist ganz einfach, ich muss nur seine Hand nehmen." Ihre Stimme überschlug sich fast.

„Wie sieht er denn aus, dein Engel?"

„Wunderschön! Groß, mit goldenen Locken. Und er trägt eine Brille."

„Dann hast du also nach dem Mittagessen noch ein wenig geschlafen", stellte Frau Greiner zufrieden fest. „Das ist gut. Vielleicht träumst du ja nun öfter von ihm."

„Ich hab nicht geträumt, Mama!", protestierte Marie. „Er war wirklich da!"

„Ach, mein kleiner Marienkäfer." Frau Greiner gab ihrer Tochter einen dicken Kuss auf den Kopf, genau dort, wo sich die Operationsnaht unschön abzeichnete. Dann seufzte sie tief und drückte den dünnen Körper, so gut es mit all den Schläuchen überhaupt möglich war, fest an sich. Wie gerne hätte sie Marie in eine dicke Jacke gepackt, dazu Mütze,

Schal und Handschuhe, und wäre mit ihr hinaus in den Krankenhauspark! Heute war doch so ein herrlicher Wintertag! Aber der behandelnde Arzt hatte ihr dies auch für die kommende Zeit strengstens untersagt. Maries Immunsystem wäre viel zu schwach. Also Weihnachten auf der Kinderkrebsstation! Während all der Behandlungen, Operationen und Chemotherapien war ihre Tochter so tapfer und stark geblieben und hatte nichts von ihrer Fröhlichkeit eingebüßt, während sie selbst zu einem schlaflosen, psychischen Wrack geworden war. Dessen letzter Funke Hoffnung vor knapp zwei Wochen endgültig zerstört worden war. Der Tumor war wieder gewachsen.

Es klopfte kurz, aber vehement an der Tür. Das unverkennbare Zeichen für Schwester Margot. Schnellen Schrittes trug sie ein Tablett mit Warmhaltebehälter und Glasschälchen zu Maries Nachtkästchen und verkündete resolut das Abendessen: Milchreis mit Apfelkompott.

„Ich hab keinen Hunger. Das schmeckt mir nicht!", raunte Marie.

Ihre Mutter sah sie besorgt an. „Du musst eine Kleinigkeit essen. Bitte, Mariechen! Du hast doch gehört, was der Arzt gesagt hat!"

„Aber Tobi hat gesagt, wenn ich mit ihm mitkomme, bekomm ich alles, was ich möchte. Und eine Riesenportion Erdbeereis! Mit Gummibärchen."

„Wer ist Tobi?", fragte Schwester Margot argwöhnisch.

„Na, der Engel, der heute bei mir war! Er will mir zeigen, wie man fliegt."

Schwester Margot und Frau Greiner tauschten vielsagende Blicke.

Dann meinte Letztere: „Okay, wir machens einfach so: Ich esse einen Löffel und du einen. Einverstanden?"

„Meinetwegen", sagte Marie gedehnt, wohl wissend, dass ihre Mutter nur einen Viertel Löffel zu sich nehmen würde. Jedoch im Nu war der halbe Teller leergegessen und mit jedem Bissen wurde Frau Greiners Lächeln ein Stückchen breiter.

In den frühen Morgenstunden erhielt Frau Greiner einen Anruf vom Krankenhaus. Schon als sie Schwester Margots Stimme hörte, wusste sie, dass etwas Schlimmes passiert war.

Sie klang zittrig und sehr leise, fast weinerlich. „Es tut mir sehr leid, Ihnen eine schlimme Nachricht überbringen zu müssen. Ihre Tochter ist letzte Nacht verstorben. Mein aufrichtiges Beileid, im Namen von uns allen hier. Marie hat sicher nicht gelitten, als wir sie gefunden haben, hat sie gelächelt. Können Sie gleich herkommen, Frau Greiner? Doktor Schmelling möchte auch noch ein paar Worte mit Ihnen sprechen. Ach, es tut mir so furchtbar leid. Marie war so ein liebes, freundliches Kind..."

Die letzten Worte verstand sie kaum noch. Wie in Trance packte Frau Greiner ihre Handtasche, fuhr die verkehrsreiche Strecke bis zum Krankenhaus und hätte dabei fast eine rote Ampel und eine ältere Dame mit Rollator übersehen. Während der zwanzigminütigen Fahrt dachte sie an nichts, nur der wild hämmernde Herzschlag dröhnte in ihren Ohren. Sie hastete auf die Station, rannte in Maries Zimmer und rief außer Atem: „Wo ist sie? Wo ist meine Tochter?" Das Bett war leer.

„Sie fliegt", sagte da eine Stimme.

Sie hatte den Arzt nicht bemerkt, der mit verschränkten Armen am Fensterbrett lehnte, großgewachsen, in der Brusttasche seines weißen Arztkittels eine dunkle Hornbrille klemmend. Doktor Schmelling hatte also eine Vertretung geschickt. Als sich der Arzt ihr näherte, tanzten seine blonden Locken. Er reichte Frau Greiner seine Hand, um ihr sein Beileid auszudrücken.

„Was haben Sie gerade gesagt?", wollte diese wissen.

„Marie fliegt."

Sie hatte also richtig gehört. „Hat Sie Ihnen etwa auch von diesem Traum mit dem Engel erzählt?"

„Wieso Traum?"

„Sie wollen doch nicht allen Ernstes behaupten, dass Sie an solchen Kinderkram glauben?" Frau Greiner lachte hysterisch.

„Nun, wissen Sie", der Arzt schob eine Haarsträhne aus der Stirn, „nur weil etwas für Sie nicht sicht- oder greifbar ist, heißt das noch lange nicht, dass es nicht existiert. Denken Sie an alle Röntgen- oder Handystrahlen, an Strom."

„Das ist ein physikalisches Prinzip und wissenschaftlich belegt."

„Was ist mit Naturwundern, schwarzen Löchern, medizinischen oder paranormalen Phänomenen? Wir haben keine rationale Erklärung dafür und sagen, solche Dinge dürfte es eigentlich nicht geben. Aber es gibt sie doch!"

„Hmm..." Frau Greiner ließ sich erschöpft aufs Bett fallen. „Aber meine Marie braucht mich doch!", flüsterte sie. Ihre Stimme war leise, aber fest. Noch wollten die Tränen nicht kommen. Noch hatte das ganze Ausmaß der Tragödie nicht ihr Bewusstsein erreicht. „Ich muss ihr beim Waschen helfen, aus ihrem Buch vorlesen und am Abend dicke Socken anziehn, damit sie nachts nicht friert. Sie hat doch immer so kalte Füße! Und jetzt ist sie tot und ganz allein. Dabei hat sie immer so tapfer gekämpft... Sie hatte ihr ganzes Leben doch noch vor sich!"

„Ich bin überzeugt, dort, wo Ihre Tochter jetzt ist, geht es ihr gut. Das Wort ‚Tod' ist immer so negativ besetzt", meinte der Arzt. „Ersetzen Sie es doch einfach durch ‚Urlaub' und stellen Sie sich vor, Marie macht gerade eine Reise."

„Von der sie nicht zurückkommt", murmelte Frau Greiner trotzig.

„Ihre Tochter nicht. Aber Sie." Der Arzt tippte mit ausgestrecktem Zeigefinger auf ihren Brustkorb: „*Sie* werden ihr nachreisen."

„Das kann viele Jahre dauern", bemängelte Frau Greiner.

„Das ist richtig", stimmte der Arzt zu, „für Sie wird es eine lange, vielleicht noch *sehr* lange Zeit werden. Aber für Marie wird es nur ein Wimpernschlag sein. Denn bedenken Sie: Wo sich Ihre Tochter nun befindet, gibt es weder Raum noch Zeit. Und wenn sie sich eines Tages wiedersehn, werden sie sich eine Menge zu erzählen haben!"

„Ein schöner Gedanke… woher nehmen Sie nur Ihren starken Glauben?", schluchzte Frau Greiner. Die Tränen liefen nun unaufhaltsam über ihre Wangen.

Der Arzt antwortete nicht, sondern sagte stattdessen: „Lassen Sie sich jetzt von einem lieben Menschen abholen und trauern Sie in aller Ruhe um Ihre geliebte Tochter! Einige Monate, einige Jahre, aber nicht Ihr ganzes Leben lang. Das hätte Marie nicht gewollt, sie hat doch Ihr Lachen so geliebt! Und denken Sie daran: nur ein Wimpernschlag."

Auf ihrem Schoß hatte sich bereits eine große, nasse Stelle gebildet, also suchte Frau Greiner nach einem Taschentuch. Als sie wieder aufblickte, war der Arzt verschwunden.

Sie schüttelte ungläubig den Kopf, erhob sich nach einer Weile schwerfällig und stolperte aus dem Zimmer. Im Gang hingen zu beiden Seiten Kinderzeichnungen, eine Mutter saß mit ihrem kahlköpfigen Jungen und Infusionsständer in der Spielecke. Sie musste dringend raus hier, an die frische Luft. Auf halbem Weg kamen ihr Schwester Margot und Schwester Ursel entgegen. Sie umarmten Frau Greiner sogleich und zeigten ihre Anteilnahme. Still, wortlos. Was gab es auch zu sagen? Schwester Margots Augen glänzten sogar, sie hatte am meisten mit ihrer Tochter zu tun gehabt.

„Doktor Schmelling wird gleich zu Ihnen kommen. Er wurde auf einer anderen Station aufgehalten. Wenn Sie sich bitte noch einen Moment gedulden mögen."

„Nicht nötig. Ich hab schon mit seinem Kollegen gesprochen."

„Kollege?"

„Ja, Herr... äh..." Frau Greiner dachte fieberhaft nach, aber sie hatte nicht auf das Namensschild geachtet. „Na, Sie wissen schon: groß, blonde Locken, Hornbrille."

Schwester Margot runzelte die Stirn und dachte einen Moment angestrengt nach. Dann sagte sie bestimmt: „Tut mir leid, solch ein Arzt arbeitet hier nicht."

„Nein, so jemand ist mir noch nie begegnet", pflichtete auch Schwester Ursel bei.

„Blödsinn!", empörte sich Frau Greiner etwas zu laut, „Ich hab doch mit ihm gesprochen!"

Schwester Margot setzte eine mitfühlende Miene auf und säuselte: „Tut mir leid, aber in den vielen Jahren, die ich nun schon hier arbeite, ist mir ein Arzt, der auf Ihre Beschreibung passt, noch nicht untergekommen. Wir haben vollstes Verständnis für Ihre Situation, Frau Greiner. Sie befinden sich in einem Ausnahmezustand, da kann man sich schon mal was einbilden. Lassen Sie uns doch dort drüben Platz nehmen und gemeinsam auf Doktor Schmelling warten!" Sie deutete auf eine gepolsterte Sitzgruppe am Ende des Gangs und hakte sich bei ihr unter.

„Ich kann Ihnen einstweilen Maries Sachen bringen", meinte Schwester Ursel. „Und machen Sie sich keine Sorgen! Meiner Tante ist es damals auch so ergangen. Als ihr Mann verstarb, hat sie ihn an jeder Straßenecke gesehn. Sie litt eine Zeit lang unter schweren Wahrnehmungsstörungen, aber das geht vorüber." Sie griff nun ebenfalls nach Frau Greiners Arm, doch diese löste sich wütend aus der Umklammerung.

„Ich hab mir das nicht eingebildet!", schimpfte sie, „Ich weiß, was ich gesehn habe und dabei bleib ich!"

Damit ließ sie die verdutzten Schwestern stehen und eilte im Laufschritt zum Ausgang. Auf der Straße vor dem Krankenhaus holte sie erst einmal tief Luft. Ihr war schwindlig. War das möglich? Hatte sie sich alles tatsächlich nur eingebildet? Wurde sie mit Maries Tod komplett verrückt? Und welche Worte hatte der Arzt gesagt? Sie waren so schön gewesen! Wimpernschlag, Reise… Sie musste in Ruhe darüber nachdenken! Am besten zu Hause. Aktuell herrschte in ihrem Kopf ein heilloses Durcheinander, ein sich wild kreisendes Karussell aus Ärzten, Krankenschwestern, Schläuchen und Geräten, dem morgendlichen Anruf, einem leeren Bett, kahlen Kinderköpfen, dem rosa Plüschelefanten ihrer Tochter und dazwischen Marie. Immer wieder Marie. Hatte deren Engel nicht auch Locken und Brille getragen, so wie der Arzt vorhin? War das möglich? Frau Greiner schüttelte energisch den Kopf, sie konnte keinen klaren Gedanken mehr fassen. Wahrscheinlich hatten die Krankenschwestern recht gehabt!

Mit zittrigen Händen zog sie ihre Handtasche heran und wühlte darin nach ihrem Handy. Sie wollte ihre ältere Schwester anrufen, die sollte sie sofort abholen. Da ertasteten ihre Finger etwas Weiches, Unbekanntes. Frau Greiner stutzte. Als sie das Teil herauszog und sah, was sich da in ihrer Tasche befunden hatte, huschte ihr Blick automatisch nach oben und für einen kurzen Augenblick meinte sie, der Himmel würde sich öffnen. Ihre Mundwinkel zuckten und unwillkürlich breitete sich ein zartes Lächeln auf ihren Lippen aus.

In ihrer Hand lag eine goldene Locke.

Mensch

Mensch, du strebst ständig
nach Macht und nach Geld,
gibt es nichts anderes, das für dich zählt?

Was ist mit dem Herz an der richtigen Stell?
Vergiss Leistung, Besitz
und Ansehn ganz schnell!

Mensch, sei zufrieden
mit dem, was du hast,
wir sind hier auf Erden letztendlich nur Gast.

Mensch, du siehst Kranken
und Armen nur zu,
der eigentlich Schwache bist dadurch nur du.

Mensch, du hasts Glück niemals gepachtet,
dessen sei dir bewusst,
wenn du andre missachtest.

Mensch, du tust lügen, betrügen und blenden,
beruhigst dein Gewissen
mit zeitweisem Spenden.

Mensch, du führst oft
ein sehr prunkvolles Leben,
während die anderen hungern daneben.

Mensch, diese Welt
dreht sich nicht nur um dich,
interessier dich fürs Du anstatt nur fürs Ich.

Mensch, du gestehst eigne Fehler nicht ein,
entschuldigst dich nicht,
tabu ist verzeihn.

Mensch, sei nicht stolz,
du kannst es ruhig wagen,
anderen auch mal ein Danke zu sagen.

Du tust über andere Urteile fällen,
dabei solltest du selbst
einen Spiegel aufstellen.

Mensch, du führst Kriege,
bist oft voller Hass,
denk doch mal nach:
Wie erbärmlich ist das!

Mensch, du bist kränkend,
verletzend, voll Hohn,
Mensch, du triffst oft nicht den richtigen Ton.

Mensch, sei nicht eitel und so überheblich,
sonst wartest du sicher
auf Zuspruch vergeblich.

Mensch, du zerstörst die Natur rund um dich,
sie ist ein Geschenk –
vergiss das nicht!

Mensch, du quälst Tiere –
lass sie in Ruh!
Sie sind oft charakterlich stärker als du.

Mensch, glaubst du wirklich,
der Größte du bist?
Es gibt immer einen, der über uns ist.

Mensch, du bist letztlich wie Staub,
winzig klein.
Mensch, vergiss eins nicht:
ein Mensch zu sein!

Danksagung

Dieses Buch entstand bei meiner unzufriedenen Suche nach berührenden und zugleich zeitgemäßen Texten im Hinblick auf Weihnachten. Seit jeher ist es in unserer Familie üblich, den Heiligen Abend mit Liedern und Geschichten/Gedichten zu untermalen und auch als Erwachsene zählen diese Momente noch immer zu den schönsten für mich.

Meiner Familie gebührt zweifelsohne mein größter Dank. Mit euch ist jeder Tag Weihnachten.

Liebe Selma, lieber Gerhard, ich danke euch für eure aufopfernde Fürsorge, eure Geduld und offenen Gespräche und dass ihr mich immer zum Lachen bringt. Ihr seid mein Fels in der Brandung, der mir jederzeit und immerwährend Halt bietet.

Dir, liebe Manuela, danke ich in erster Linie für die sprachliche Überarbeitung und die investierte Zeit. Mit Rat und Tat bist du mir erneut hilfreich zur Seite gestanden.

Lieber Markus, wie immer möchte ich mich bei dir für die computertechnische Unterstützung bedanken und auch für das stimmungsvolle Titelfoto.

Liebe Leserinnen und Leser, ich hoffe, ich konnte Sie mit meinen Texten durch eine besinnliche Weihnachtszeit begleiten und ein wenig zum Nachdenken anregen.

Zu guter Letzt wünsche ich allen friedvolle Weihnachten!

Romana Knötig, 1980 in Linz/Oberöster-
reich geboren, ist gelernte Kindergartenpäda-
gogin. Neben dem Schreiben gilt ihr Interesse
der bildenden Kunst und der Musik.
Weitere Bücher der Autorin:
Mirjams Schatz, Roman
Eiskaffee mit Schokostreuseln, Roman
Der kleine Schlappingo, Bilderbuch

Romana Knötig

Mirjams
Schatz

Roman

Kate Falling, erfolgreiche Strafverteidigerin, kennt das Gefühl, am Boden zu sein. Nur mit Hilfe ihres starken Willens gelingt es ihr, die tragische Vergangenheit zu bewältigen. Gerade als ihr Leben wieder in stabilen Bahnen zu verlaufen scheint und sie am Höhepunkt ihrer Karriere steht, schlägt das Schicksal erneut zu: Kate wird die Diagnose Multiple Sklerose gestellt. Und plötzlich ist nichts mehr so wie zuvor.

Romana Knötig

Eiskaffee mit Schokostreuseln

Roman

Ist man mit 50+ tatsächlich in den besten Jahren? Oder gehört man zum rostigen Eisen? Gerade als Frau. Heißt es doch im Volksmund so schön: Männer werden attraktiver, Frauen älter!

Kess – sympathische siebenundfünfzig, lange verheiratet, Mutter, Oma und Angestellte einer Werbeagentur – hat einen dicken Fisch an Land gezogen: Sie soll das Konzept für einen millionenschweren Auftrag erstellen. Doch die Präsentation hat so ihre Tücken. Und das Leben auch...

Der kleine Schlappingo

Romana Knötig

Der kleine Schlappingo ist ein Flamingo, der aufgrund seiner Müdigkeit und Schwäche nicht mit den anderen mithalten kann. Das macht ihn sehr traurig.

Als sich seine Artgenossen eines Tages in großer Gefahr befinden, wird er dann doch noch zum gefeierten Helden.

Zeitfracht Medien GmbH
Ferdinand-Jühlke-Straße 7
99095 Erfurt, Deutschland
produktsicherheit@kolibri360.de